Klarant Verlag

Die gebürtige Ostfriesin ***Sina Jorritsma*** aus der Krummhörn studierte in Hamburg Germanistik und Philosophie, bevor sie wieder in ihre Heimat zurückkehrte. Sie veröffentlicht unter Pseudonym, weil sie ihre Umgebung genau beobachtet und Ereignisse aus ihrem Leben in ihre Geschichten einfließen. Das Romaneschreiben ist ihr kleines Geheimnis, das nur wenige Menschen kennen. Bei einer großen Kanne Ostfriesentee mit Sahne und Kluntjes kann sie halbe Nächte durchschreiben, tagsüber hält sie sich mit Joggen fit. Sina Jorritsma lebt mit ihrer Familie in einem kleinen Ort bei Emden.

Sina Jorritsma

Juister Düne

Ostfrieslandkrimi

Klarant Verlag

Klarant Verlag, www.klarant.de – www.ostfrieslandkrimi.de
ISBN: 978-3-96586-126-8
1. Auflage 2020
Umschlagabbildung: Klarant Verlag

Printed in the EU.

Kapitel 1

»Hier ist ein nackter Mann!«

Kommissarin Antje Fedder von der Polizei Juist runzelte die Stirn, als sie die aufgeregte Frauenstimme am Telefon erkannte. Es war erst kurz nach acht Uhr morgens, ihr Dienst in der kleinen Inselwache hatte gerade begonnen. Immerhin musste sie die Melderin nicht nach ihrem Namen fragen.

»Werden Sie von der Person bedroht, Frau Meester?«

»Wie bitte?!« Die Frau klang nun noch etwas schriller. »Nein, der Mann ist tot!«

»Das hatten Sie bisher nicht erwähnt. Wo befinden Sie sich?«

»Am Piratenpad, nicht weit von der Aussichtsplattform.«

»Wir kommen sofort, rühren Sie bitte nichts an.«

»Ich habe nicht vor, eine Leiche anzufassen. Kommen Sie schnell, vielleicht ist der Mörder noch in der Nähe!«

Antje versprach, ihr Möglichstes zu tun. Dann beendete sie das Telefonat, stand auf und griff nach ihrer Dienstmütze auf dem Garderobenständer in der Ecke.

»Es gibt Arbeit, Roland.«

Ihr Kollege Kommissar Witte, der am Schreibtisch ihr gegenüber saß, hatte sich ebenfalls bereits erhoben.

»Ich konnte die Stimme unserer verehrten Bürgermeisterin vernehmen, habe die Worte aber nicht verstanden«, sagte er schmunzelnd. »Weswegen macht sie denn diesmal die Pferde scheu? Hat ein Urlauber ein Kaugummi auf die *Badefrau*-Skulptur geklebt? Oder schwimmt eine leere Getränkedose im Schiffchenteich?«

Antje schüttelte den Kopf.

»Diesmal ist es ernst. Silke Meester hat einen unbekleideten männlichen Leichnam entdeckt.«

Nach dieser Information verging Witte das Grinsen. Der dunkelhaarige Kommissar war ein lockerer Typ, der das Leben von der leichten Seite nahm. Doch über Tod und Mord riss er keine Witze. Da die Polizeistation nur mit diesen beiden Beamten besetzt war, schloss Antje hinter ihnen ab. Zuvor hatte sie die Rufumleitung eingeschaltet, sodass alle Festnetzanrufe bei der Juister Polizei auf ihr Smartphone umgeleitet wurden.

Die Inselpolizisten schwangen sich auf ihre Fahrräder, denn auf dem autofreien Eiland war das ihr einziges Fortbewegungsmittel. Wenn größere Gegenstände transportiert werden mussten, griff man auf ein Pferdefuhrwerk zurück.

Es war ein sonniger Septembermorgen auf der kleinen Nordseeinsel. Die Hauptsaison hatte vor wenigen Tagen ein Ende gefunden, doch das »Töwerland« konnte sich trotzdem nicht über mangelnden Zustrom an Urlaubern beklagen. Nun kamen hauptsächlich die Gäste nach Juist, die sich nicht nach den Schulferien richten mussten.

Mit dem Fahrrad benötigte man nur sechs oder sieben Minuten, um von der Polizeiwache in der Carl-Stegmann-Straße zum Piratenpad im Ortsteil Loog zu gelangen.

»Was treibt die Bürgermeisterin so früh am Morgen dorthin?«, fragte Witte, während er neben Antje fuhr.

»Silke Meester dreht gern frühmorgens eine Runde, bevor ihre Dienststunden im Rathaus beginnen. Falls ihr irgendetwas faul vorkommt, kann sie sich dann unmittelbar darum kümmern.«

»Nun weiß ich auch, weshalb die Dame stets ein Haar in der Suppe findet«, seufzte Witte. Antje musste ihrem Kollegen innerlich recht geben. Die Bürgermeisterin neigte zum Übereifer, sie schien ständig unter Strom zu stehen. Es war, als ob sie niemals abschalten könnte. Dank dieser Haltung der Amtsträgerin konnte Juist sich sehen lassen, die Insel war stets proper und einladend. Schlendrian würde sich auf dem Eiland niemals einstellen, solange Silke Meester die Verantwortung trug.

Der Piratenpad war ein schmaler Weg, der zwischen den Dünen hindurch Richtung Strand führte. Die Bürgermeisterin war ebenfalls mit ihrem Fahrrad unterwegs gewesen. Sie hatte es nun beiseitegestellt und winkte den Inselpolizisten aufgeregt zu.

Die Bürgermeisterin trug an diesem Morgen ein marineblaues zweireihiges Sakko, dazu einen roten Seidenschal und einen grauen knielangen Rock. Silke Meester war blond, sehr schlank und stets elegant gekleidet. Wie die meisten Juister hatte sie eigentlich einen gesunden Teint, da sie sich oft an der frischen Luft aufhielt. Doch momentan war sie sehr bleich, der Schock stand ihr ins Gesicht geschrieben. Sie deutete auf den Dünenrand links des hölzernen Pfads.

Die Leiche konnte man unmöglich übersehen. Antje und Witte ließen ihre Räder zu Boden gleiten und traten näher. Die Kommissarin schätzte das Alter des dunkelblonden Toten auf ungefähr vierzig. Er war schlank, die Haut wies keine Tätowierungen oder sonstigen besonderen Kennzeichen auf. Antje zeigte auf seine Brust.

»Da ist eine kleine Wunde in Herznähe, sie könnte von einem Schuss stammen.«

»Also gehen Sie von einem Mord aus?«, fragte die Bürgermeisterin mit zitternder Stimme.

»Wir werden den Leichnam aufs Festland schaffen lassen, damit er obduziert wird«, erklärte Witte. »Wann haben Sie den Toten denn entdeckt, Frau Meester?«

»Unmittelbar, bevor ich Sie anrief! Sie müssen den Mann so schnell wie möglich wegbringen, jeden Moment können Urlauber hier erscheinen.«

Antje schüttelte den Kopf.

»Wir arbeiten so schnell, wie es geht. Zunächst muss geklärt werden, ob das Opfer hier umgekommen ist.«

»Den genauen Todeszeitpunkt werden wir nach der Leichenschau erfahren«, fügte Witte hinzu.

Die Bürgermeisterin hielt einstweilen den Mund und wandte ihren Blick ab. Antje kniete sich hin und betrachtete die Umgebung genauer. Während der Nacht hatte es mehrere starke Regenschauer gegeben, und die Böen erreichten teilweise Windstärke sieben. Der Untergrund war dicht mit Dünengras bewachsen, nur auf dem schmalen Streifen neben dem Piratenpad war der Boden sandig. Doch verwertbare Fußspuren konnte man hier nicht sehen.

»Nach Sonnenuntergang ist hier nicht mehr viel los«, dachte Witte laut nach. »Wenn man nachts diesen Weg benutzt, könnte man sogar den Toten übersehen. Jedenfalls dann, wenn man stur geradeaus schaut.«

Antje richtete sich wieder aus ihrer knieenden Position auf, stemmte die Fäuste gegen ihre Hüften und ließ langsam ihren Blick schweifen.

»Ja, ich gebe dir recht. Es stellt sich die Frage, ob der Mann erst hier ermordet wurde oder ob man die Leiche zum Piratenpad geschafft hat.«

»Was für einen Unterschied macht das denn, um Himmels willen?«

Mit diesem Satz hatte sich die Bürgermeisterin wieder zu Wort gemeldet. Sie drehte ununterbrochen an ihrem Armreif, den sie am linken Gelenk trug. Außerdem trat sie vom einen Fuß auf den anderen, als ob sie dringend zur Toilette müsste.

»Wenn der Tote hierher gebracht wurde, waren dafür mindestens zwei Personen nötig«, erklärte der dunkelhaarige Inselpolizist. »Schätzungsweise wiegt die Leiche zwischen achtzig und neunzig Kilo. Der Mörder müsste schon ein richtiger Kraftprotz sein, um ihn allein hierher zu schaffen.«

Antje hatte sich wieder hingekniet, um das Opfer noch genauer in Augenschein zu nehmen.

»Meiner Meinung nach wurde der Tote ausgezogen, um alle Hinweise auf seine Identität zu beseitigen. Er scheint übrigens auch einen Ehering getragen zu haben, den man ihm abgezogen hat.«

Witte beugte sich vor, wobei er die Hände auf seine Knie stemmte.

»Ja, da ist ein schmaler Streifen ohne Sonnenbräune am Ringfinger zu erkennen. Mit deiner Vermutung dürftest du richtigliegen.«

»Wollen Sie die Leiche nicht wenigstens abdecken?«, fragte die Bürgermeisterin. Ihre Stimme bebte vor Anspannung.

Antje ging auf die Bemerkung nicht ein, denn die Inselpolizisten hatten ohnehin keine Plane oder Decke dabei. Aber sie griff zum Smartphone, um einen Arzt und den Rettungswagen anzufordern. Der RTW sowie die PKWs der Mediziner waren die einzigen motorisierten Fahrzeuge, die es auf Juist gab.

»Der oder die Täter wollten also verhindern, dass wir den Namen des Opfers in Erfahrung bringen«, murmelte Witte. »Aber aus welchem Grund legten sie die Leiche hier neben dem Weg ab, wo sie bei Tageslicht sofort gesehen wurde? Wäre es aus ihrer Sicht nicht besser gewesen, den Mann in die Nordsee zu werfen?«

Die Kommissarin wiegte den Kopf.

»Wie man es nimmt. Auf diesem Strandabschnitt sind die Strömungsverhältnisse dafür ungeeignet. Bei der nächsten Flut würde der Körper wieder an den Strand gespült werden.«

»Du als gebürtige Juisterin weißt so etwas natürlich«, meinte Witte. »Aber woher sollten Auswärtige über die Besonderheiten der Gezeiten an dieser Stelle Bescheid wissen? Ich vermute mal, dass es sich bei dem Opfer um einen Touristen handelt?«

Antje nickte.

»Ein Einheimischer ist es nicht, in dem Fall würde ich ihn nämlich kennen.«

Die Bürgermeisterin stieß ein langgezogenes Stöhnen aus.

»Ein Mord an einem Gast unserer Insel ist das Letzte, was wir gebrauchen können.«

Antje verkniff sich die Frage, ob der Tod eines Juisters weniger schlimm gewesen wäre. Sie wusste ja, dass Silke Meester es nur gut meinte. Dennoch ging ihr die Amtsträgerin in diesem Moment noch stärker auf die Nerven als sonst. Andererseits war sie die einzige Zeugin, also musste sie noch genauer befragt werden. Die Inselpolizistin konzentrierte sich nun ganz auf die Bürgermeisterin.

»Frau Meester, ist Ihnen heute Morgen in der Nähe des Piratenpads jemand begegnet?«

»Glauben Sie, dass ich den Mörder getroffen haben könnte?«

»Beantworten Sie bitte einfach meine Frage.«

Silke Meester runzelte die Stirn und blickte Richtung Horizont. Der Wind frischte wieder auf und fuhr in ihr schulterlanges blondes Haar.

»Ich kam aus Richtung Rathaus und fuhr auf der Billstraße. Auf dem Kinderspielplatz lag ein Mann auf einer der Ruhebänke. Ich stieg vom Rad, um zu sehen, ob es ihm gut ging oder ob er Hilfe brauchte. Im Näherkommen sah ich, dass es Ummo war. Er schlief tief und fest.«

»Ummo Vreck?«, vergewisserte sich Antje.

Die Bürgermeisterin nickte.

»Kenne ich den Mann?«, fragte Witte, der noch nicht so lange auf Juist lebte.

»Ummo hat einen Vollbart, ein paar Kilo zu viel auf den Rippen und trägt immer eine weiße Kapitänsmütze«, erwiderte die Kommissarin. »Er hat vor ein paar Wochen am Strand krakeelt. Aber als wir kamen, ist er abgehauen, bevor wir ihm einen Platzverweis erteilen konnten.«

»Ach, der Typ. An dem Tag war er blau wie ein Veilchen.«

»Ummo schaut öfter mal zu tief ins Glas«, stellte Antje fest. »Er ist eigentlich harmlos. Haben Sie ihn geweckt?«

»Ja«, antwortete Silke Meester. »Ich bat ihn, nach Hause zu gehen, bevor die ersten Eltern mit Kindern auf den Platz kommen.«

»Ummo ist nicht obdachlos?«, fragte Witte dazwischen.

»Nein, er wohnt mit seiner Mutter am Ende der Hammerseestraße«, sagte Antje. »Wahrscheinlich wurde er gestern auf dem Heimweg von einer Zechtour von der Müdigkeit übermannt und wollte einen Zwischenstopp auf dem Spielplatz einlegen.«

»Das ist gut möglich«, meinte die Amtsträgerin. »Er wurde jedenfalls wach, grüßte militärisch und sagte: ›Jawoll, Frau Bürgermeisterin.‹ Dabei schlug mir eine gewaltige Bierfahne entgegen. Aber er setzte sich in Richtung seines Zuhauses in Bewegung.«

»Ich kann mir nicht vorstellen, dass er etwas mit dem Mord zu tun hat«, vermutete die Inselpolizistin. »Ummo könnte aber ein Zeuge sein. Wir sollten mit ihm sprechen, sobald er wieder nüchtern ist. Das kann aber dauern.«

Antje machte ein paar Fotos vom Gesicht des Toten. Wenig später trafen der Arzt und die Sanitäter mit dem Rettungswagen ein. Der Mediziner konnte nur den Tod des Opfers durch Gewalteinwirkung feststellen. Detaillierte

Angaben würden die Ermittler nach der Obduktion erhalten, die im gerichtsmedizinischen Institut Oldenburg vorgenommen werden musste. Die Leiche sollte mit der nächsten Fähre aufs Festland geschafft werden. Die Sanitäter übernahmen es, den Toten wegzubringen.

Antje schaute sich nun den Untergrund genauer an.

»Hier ist kaum Blut zu sehen«, stellte sie fest. »Das ist ein weiterer Hinweis darauf, dass diese Stelle nicht der Tatort ist. Der Mann wurde anderswo umgebracht und dann hierher geschafft. Übrigens könnte es möglich sein, dass die Täter den Körper wirklich ins Meer werfen wollten. Doch dann wurden sie gestört und mussten schnell verschwinden, um nicht erkannt zu werden. Also ließen sie den Leichnam einfach neben dem Weg liegen. Vielleicht wollten sie später zurückkehren, haben es aber nicht mehr geschafft.«

Die Bürgermeisterin atmete spürbar auf, als der Rettungswagen abgefahren war und man von dem Toten nichts mehr sehen konnte.

»Versuchen Sie bitte, diesen Fall so schnell wie möglich aufzuklären«, sagte sie eindringlich. »Wenn Sie überfordert sind, können Sie gern Verstärkung vom Festland anfordern.«

»Wie kommen Sie darauf, dass wir bei dieser Aufgabe versagen könnten?«, gab Antje gereizt zurück. »Das hier ist nicht der erste Mordfall, den wir aufklären.«

»Falls Sie Hilfe brauchen, wissen Sie ja, wo Sie mich finden.«

Mit diesen Worten bestieg die Amtsträgerin ihr Fahrrad und war wenig später verschwunden.

»Endlich«, seufzte Antje und schob ihre Uniformmütze fester auf den Kopf. »Ich dachte schon, sie haut niemals ab.«

»Bei dieser Mordermittlung haben wir die Meester garantiert an der Backe«, mutmaßte Witte. »Sie wird keine Ruhe geben, bevor wir auf ihrer schönen Insel den Mörder verhaftet haben.«

»Du bist mal wieder sehr ermutigend!«, fauchte die Inselpolizistin. Ihr Kollege legte freundschaftlich seinen Arm um ihre Schultern.

»Entschuldige, ich wollte dir nicht die Stimmung verderben.«

Antje atmete tief durch. Der Kommissar hatte eigentlich nur die Wahrheit gesagt, sie teilte nämlich seine Einschätzung. Die Bürgermeisterin würde den beiden gewaltig auf den Wecker gehen, solange der oder die Täter frei herumliefen. Nein, Antje wollte ihre aufkommende schlechte Laune gewiss nicht an Witte auslassen. Hinzu kam, dass seine Berührung ihr wieder einmal gut gefiel. Manchmal knisterte es gewaltig zwischen Antje und ihrem Kollegen, aber bisher war aus ihnen kein Liebespaar geworden. Ob sich das einmal ändern würde?

Sie verdrängte den Gedanken an ihr Privatleben und sagte: »Die Identifizierung des Opfers muss für uns an erster Stelle stehen. Solange wir nicht wissen, mit wem wir es zu tun haben, kann sich der Mörder sicher fühlen. Er könnte schon heute mit der Fähre oder dem Flugzeug die Insel verlassen, ohne dass wir etwas dagegen unternehmen könnten.«

»Was schlägst du vor?«

»Wir teilen uns auf, Roland. Wie gesagt, der Tote ist kein Einheimischer. Als Tourist wird er in einem Hotel, einer Pension oder einer Ferienwohnung gelebt haben. Hinzu kommt, dass die Leiche wohl kaum über eine größere Entfernung transportiert worden ist. Die Gefahr, entdeckt zu werden, wäre viel zu groß.«

»Also konzentrieren wir uns auf den Nahbereich Loog?«

»Ganz genau!«, bestätigte Antje. »Du nimmst dir den Bereich zwischen *Loogster Stuv* und der Jugendherberge vor, ich höre mich zwischen dem Küstenmuseum und der Störtebekerstraße um. Du hast doch auch das Gesicht des Toten fotografiert, oder?«

»Klar.«

»Wenn wir bis zum Mittag zu keinem Ergebnis gekommen sind, erweitern wir den Suchradius«, meinte die Inselpolizistin. »Doch zunächst werden wir genug zu tun haben, wenn wir in dem Bereich alle potentiellen Zeugen befragen.«

»Das fürchte ich auch«, seufzte Antjes Kollege.

Kapitel 2

Nach Wittes Meinung war dies der seltsamste Fall, den Antje und er bisher gemeinsam hatten bearbeiten müssen. Während er auf die Loogster Stuv zufuhr, waren seine Gedanken bei dem Opfer.

An dem Finger, der den schmalen Streifen blasser Haut aufwies, trug man üblicherweise einen Ehering. Also war der Tote wahrscheinlich verheiratet gewesen. Seine Frau würde ihn früher oder später als vermisst melden, falls sie nicht selbst etwas mit seinem Tod zu tun hatte.

Was ließ sich sonst noch über den Leichnam sagen?

Seine Hände waren gepflegt und wiesen keine Verletzungen auf. Die Finger von Männern, die schwer körperlich arbeiten mussten, sahen anders aus. Außer der einen Wunde waren keine Blessuren zu sehen gewesen. Trotzdem konnte das Opfer mit dem Mörder gerungen haben. Falls sich Fremd-DNA unter den Fingernägeln befand, würde sich das bei der kriminaltechnischen Untersuchung herausstellen.

Ob es sich um einen geplanten Mord handelte?

Das war eine entscheidende Frage, wie der Inselpolizist fand. Jeder Besucher Juists musste nämlich einen Gästebeitrag entrichten, was auf seiner »Töwercard« eingespeichert wurde. Ohne diesen Nachweis konnte man die Insel mit der Fähre nicht einfach wieder verlassen. Doch ein Tourist, der überstürzt frühzeitig abreiste, würde sich dadurch verdächtig machen. Immerhin war der Zeitraum des Aufenthalts auf der Töwercard vermerkt.

Wäre Witte der Täter gewesen, dann hätte er in der Nacht vor seiner Rückkehr aufs Festland den Mord begangen. Danach konnte er problemlos wegfahren, ohne Aufsehen zu erregen.

Der Inselpolizist betrat die gemütlich eingerichtete Teestube, nahm die Mütze ab und steuerte auf eine Bedienung zu. Er zeigte der Kellnerin das Foto des Toten.

»Moin, haben Sie diesen Mann schon einmal gesehen?«

Die junge Frau schaute sich das Bild genau an. Sie wirkte nachdenklich.

»Ich bin nicht sicher«, sagte sie zögernd. »Womöglich ist er gestern oder vorgestern an der Loogster Stuv vorbeigeradelt.«

Witte horchte auf. Doch er führte sich vor Augen, dass der Unbekannte nicht besonders außergewöhnlich gewirkt hatte. Es gab viele Männer mit seiner Statur und vergleichbarem Aussehen. Der Ermittler hakte nach.

»Können Sie sich noch daran erinnern, wie dieser Radfahrer gekleidet war?«

Die Bedienung zuckte mit den Schultern.

»Ich glaube, er trug Jeans und ein Hemd mit kurzen Ärmeln oder ein T-Shirt. Er war unauffällig, genau wie die anderen.«

»Welche anderen?«

»Ach so, das hatte ich gar nicht gesagt. Der Mann war nicht allein unterwegs, es waren drei oder vier andere Leute bei ihm.«

»Können Sie seine Begleiter beschreiben?«

»Zwei Frauen und ein Mann, wenn ich mich richtig erinnere. Die waren auch alle sportlich-leger gekleidet. Man sieht doch hier oft genug eine Gruppe von Touristen, die einen Radausflug machen. – Ist der Blonde tot?«

Nach Wittes Meinung konnte man deutlich erkennen, dass der Mann auf dem Foto nicht schlief, obwohl seine Augen geschlossen waren. Der Inselpolizist ließ die Frage einfach unbeantwortet und bedankte sich nur freundlich für die Auskünfte. Bevor er sich verabschiedete, erkundigte er sich noch nach der Fahrtrichtung dieser Clique. Er ging hinaus, rief Antje an und berichtete, was er herausgefunden hatte. Der Kommissar fügte hinzu:

»Die Bedienung war nicht hundertprozentig sicher, ob es sich wirklich um unseren Toten handelt. Die Gruppe war Richtung Billpolder unterwegs, vielleicht sind die Leute noch mehr Zeugen aufgefallen.«

»Wenn die Beschreibung stimmt, sollten wir nach zwei Paaren Ausschau halten, die gemeinsam Urlaub machen. Es ist natürlich auch möglich, dass sie sich erst auf Juist kennengelernt haben«, sagte die Kommissarin. »Ich werde mal eben zur Touristinformation fahren und überprüfen, ob womöglich zwei Paare zusammen ein Ferienhaus gemietet haben.«

»Gute Idee, ich höre mich so lange weiter im Loog um.«

Die Inselpolizisten beendeten ihr Telefonat. Witte befragte nun einige Inhaber von Ferienpensionen sowie deren Gäste, konnte aber zunächst keine weiteren brauchbaren Informationen bekommen.

Das Loog befand sich westlich vom Hauptort Juist. Die Billstraße durchquerte den Ortsteil und führte zur Domäne Bill. Im Loog befanden sich einige der ältesten Häuser des Eilands, das hatte Witte einmal von seiner Kollegin erfahren. Es gab einige Ferienunterkünfte, in einer davon hatte der blonde Mann womöglich gewohnt. Witte rätselte darüber, wie die Leiche zum Piratenpad transportiert worden war. Es gab seiner Meinung nach nur zwei Möglichkeiten. Entweder wurde der Tote von zwei Menschen getragen oder ein Einzeltäter hatte einen der Handkarren benutzt, die auf Juist Wippen genannt werden.

Ein Pferdefuhrwerk kam nicht infrage, dann wäre der Kutscher nämlich ein lästiger Mitwisser gewesen. Der Inselpolizist blieb nachdenklich an der Stelle stehen, wo der Piratenpad von der Hammerseestraße abzweigte. Nach Einbruch der Dunkelheit war es hier besonders ruhig, selbst für die Verhältnisse der ohnehin stillen Insel Juist. Die Gefahr, beim Leichentransport auf Augenzeugen zu treffen, war ziemlich gering. Und der Strandpad stellte den einzigen direkten Weg zum Meer dar. Vermutlich hatte der Tote wirklich in die Nordsee geworfen werden sollen.

Das Klingeln des Smartphones riss Witte aus seinen Überlegungen. Antje war am Apparat. Ihre Stimme verriet ihre Anspannung.

»Roland, ich habe hier den Nachweis für die Vermietung eines Ferienhauses gefunden. An dieser Adresse sind zwei Ehepaare eingetragen, Claudia und Lukas Flechsner sowie Lisa und Dirk Rotte. Das Haus steht am Haaks Gat, keine fünfhundert Meter Luftlinie vom Piratenpad entfernt.«

»Dann sollten wir diese Personen dringend überprüfen. Ich bin gerade an der Hammerseestraße.«

»Gut, ich komme jetzt zu dir. Keine Eigenmächtigkeiten, verstanden?«

»Du kennst mich doch, Antje.«

»Ja, eben. Bis gleich.«

Witte steckte sein Telefon wieder ein. Die Worte seiner Kollegin gaben ihm zu denken. War er wirklich um so vieles spontaner und unbedachter als Antje? So kam es dem Kommissar selbst nicht vor. Natürlich achtete er bei Einsätzen auf Eigensicherung. Polizisten mit Rambo-Allüren gab es seiner Meinung nach nur in schlechten Fernsehkrimis. Doch Antje als geborene Inselfriesin verfügte über eine natürliche Zurückhaltung und Ruhe, die von vielen Auswärtigen als schroff und abweisend empfunden wurde.

Witte mochte sie so, wie sie war. Was Antje an Temperament fehlte, fand man bei ihm mehr als genug. Insofern ergänzten sie sich perfekt. Und manchmal hoffte der Inselpolizist sogar, dass auch sie in ihm mehr sah als nur einen Kollegen.

Er musste nicht lange auf Antje warten. Sie näherte sich schnell aus Richtung Rathaus, in dem sich auch die Touristinformation befand.

»Wie willst du vorgehen?«, fragte Witte. Vom Dienstrang her waren die beiden gleich, auch in Sachen Berufserfahrung gab es kaum einen Unterschied. Allerdings hatte Antje jahrelang auf Juist allein für Recht und Ordnung gesorgt, bevor die zweite Planstelle für Witte geschaffen wurde. Außerdem kannte sie als gebürtige Insulanerin die Verhältnisse im Töwerland viel besser als er. Aus diesen Gründen hörte er meist auf sie. Jedenfalls dann, wenn ihm eine Entscheidung nicht so richtig gegen den Strich ging.

»Wir tun so, als würden wir die ganze Nachbarschaft auf der Suche nach dem unbekannten Toten abklappern«, sagte Antje. »Es wird sich schnell herausstellen, ob einer der beiden Männer anwesend ist oder eben nicht. Falls Flechsner oder Rotte fehlt, dann könnte eine von den übrigen drei Personen der Mörder oder die Mörderin sein. Diesen Zusammenhang müssen wir immer im Hinterkopf behalten.«

»Ich bin gespannt, was uns erwartet«, erwiderte der Kommissar.

Haaks Gat war eine kleine Straße, die von Einfamilienhäusern im friesischen Stil gesäumt wurde. Heckenrosen und gepflegte Gärten vermittelten ein idyllisches Bild. Vor dem Gebäude, das die beiden Ehepaare gemietet hatten, parkten vier Leihräder auf dem schmalen Stück Kopfsteinpflaster vor der weiß gestrichenen Eingangstür. Aus dem Inneren drang leise Musik, unterbrochen von der Stimme eines Moderators und einem Werbe-Jingle. Offenbar hörten die Bewohner Radio.

Witte betätigte die Klingel.

Wenig später öffnete eine vollschlanke brünette Frau, die der Kommissar auf Anfang vierzig schätzte. Sie trug knielange Shorts und ein enges rotes ärmelloses Oberteil.

»Die Polizei?«, fragte sie und lachte gekünstelt. »Haben wir unsere Fahrräder falsch geparkt?«

»Darum geht es nicht«, sagte Antje. »Wir möchten gern drinnen mit Ihnen sprechen.«

Witte kam es so vor, als ob die Frau mit den hellbraunen Haaren genau wusste, weshalb sie Besuch von den Ordnungskräften bekam. Aber beweisen ließ sich das nicht. Die Brünette zuckte mit den Schultern.

»Wie Sie wünschen. Folgen Sie mir bitte.«

Die Ermittler traten ein. Es roch nach Kaffee und frischen Brötchen. Im Flur befand sich unmittelbar neben der Eingangstür ein rustikales Schuhreinigungsgerät, wie man es in den meisten Haushalten auf den Inseln sah. Es sollte dazu dienen, dass nicht allzu viel Sand von draußen hereingetragen wurde. Witte schaute sich den mit einem Läufer versehenen Boden genauer an. Vor Kurzem waren mehrere Personen hereingekommen, ohne ihre Schuhe zu säubern.

So etwas tat man nach seiner Erfahrung aus Gleichgültigkeit, Faulheit oder Nervosität. In diesem Fall tippte der Inselpolizist auf die letzte Möglichkeit. Die Frau führte die Beamten in die Küche, die modern im skandinavischen Stil eingerichtet war. Ein Mann und eine Frau mit hellen Haaren saßen am gedeckten Frühstückstisch. Witte kam es so vor, als ob die Blonde vor Kurzem noch geweint hätte. Ihr Gesicht war verquollen, und die Augen schimmerten feucht. Der breitschultrige, glatzköpfige Kerl saß ihr gegenüber und warf ihr einen warnenden Blick zu. Die Blonde trug einen Morgenmantel, der Mann mit dem rasierten Schädel war in Jeans und T-Shirt gekleidet. Seine muskulösen, tätowierten Arme konnte man unmöglich übersehen.

»Was will denn die Polizei von uns?«, fragte er mit tiefer Stimme.

Antje stellte Witte und sich selbst vor. Dann fragte sie: »Wir möchten zunächst gern Ihre Namen erfahren.«

Der Kahle übernahm das Reden, indem er auf die Brünette deutete.

»Das ist mein Schatzi Lisa Rotte, ich heiße Dirk Rotte. Und die Lady hier hört auf Claudia Flechsner.«

Der letzte Satz galt der Blonden, die nun langsam ihren Kopf hob. Antje kam einen Schritt näher.

»Sie tragen einen Ehering, Frau Flechsner. Ich möchte gern wissen, wo Ihr Gatte ist.«

»Lukas macht gerade einen kleinen Spaziergang am Strand«, sagte Rotte schnell. Die Inselpolizistin blieb auf die Ehefrau konzentriert.

»Ich habe Frau Flechsner gefragt«, beharrte Antje.

»Dirk hat recht«, murmelte Claudia Flechsner mit brüchiger Stimme. »Lukas ist an der frischen Luft.«

Wittes Kollegin nickte und zog ihr Smartphone hervor.

»Wir erkundigen uns in der Nachbarschaft, ob uns jemand Auskunft über die Identität dieses Mannes geben kann«, erklärte sie. Dann zeigte sie der Blonden das Foto des Toten. Claudia Flechsner schlug die Hände vor den Mund.

»Oh, Gott! Das ist mein Mann! Was … ist mit ihm geschehen?«

»Wir müssen Ihnen leider mitteilen, dass wir diese Person tot aufgefunden haben. Momentan gehen wir von einem Gewaltverbrechen aus.«

»Das ist ja entsetzlich!«, stieß Claudia Flechsner hervor. Lisa Rotte setzte sich neben sie und nahm sie in die Arme, während Dirk Rotte äußerlich unbewegt blieb. Witte hielt das Trio für miserable Schauspieler. Seiner Meinung nach hatten sie alle gewusst, dass Lukas Flechsner nicht mehr lebte. Der Kommissar hätte schwören können, dass die frisch verwitwete Frau unter dem Einfluss von Beruhigungsmitteln stand. Sie wirkte benommen.

Antje warf Witte einen Blick zu, der so viel bedeuten konnte wie: *Die drei sind so schuldig, wie man es nur sein kann!*

Er nickte kaum merklich. Der Inselpolizist fand es gut, dass seine Kollegin und er selbst sich oftmals ohne Worte gut verstanden. Sogar dann, wenn sie nicht einer Meinung waren. Doch in diesem Fall gab es für Witte keinen Zweifel. Er war sicher, dass entweder Dirk Rotte, Lisa Rotte oder Claudia Flechsner das Opfer getötet hatte. Und die beiden anderen deckten die Täterin oder den Täter, waren womöglich Komplizen gewesen.

»Fühlen Sie sich dazu in der Lage, den Toten offiziell zu identifizieren?«, fragte Antje die Witwe. »Der Leichnam muss obduziert werden, wie es bei einem Gewaltverbrechen Vorschrift ist. Momentan befindet der Körper sich noch auf Juist, in der Rettungswache.«

Da der Hafen gezeitenabhängig war, verkehrte die Fähre nur einmal morgens und einmal abends. Da das morgendliche Schiff Richtung Norddeich schon abgefahren war, musste der Transport zum gerichtsmedizinischen Institut Oldenburg bis zum Abend warten.

»Ja, selbstverständlich«, sagte Claudia Flechsner. »Ich will mir nur etwas anziehen.«

»Ich begleite Sie.«

Antjes Satz ließ keinen Widerspruch zu. Die Inselpolizistin konnte sehr resolut sein. Witte zog sein Notizbuch und einen Stift hervor, dann begann er mit der Befragung des Ehepaars.

»Wann haben Sie Lukas Flechsner zum letzten Mal gesehen?«

»Vor ungefähr einer Stunde.«

Diese Antwort kam von Dirk Rotte, und es handelte sich um eine glatte Lüge. Zu dieser Zeit wurde nämlich die Leiche in die Rettungswache geschafft, und die Inselpolizisten hatten ihre Ermittlungsarbeit aufgenommen. Witte schrieb die Aussage trotzdem mit, ohne sie zu kommentieren. Je stärker sich Dirk und Lisa Rotte um Kopf und Kragen redeten, desto leichter würde es später sein, von ihnen ein Geständnis zu bekommen.

»Wie war er gekleidet?«

»Er trug eine blaue Kapuzenjacke, Jeans und Turnschuhe«, erwiderte die Brünette wie aus der Pistole geschossen. »Warum ist das wichtig?«

»Beantworten Sie bitte einfach meine Fragen. Kam Ihnen Lukas Flechsner anders vor als sonst? Fühlte er sich womöglich bedroht oder verfolgt?«

Dirk Rotte schüttelte heftig den Kopf.

»Nee, er war wie immer. Lukas ist – war – ein eher ruhiger Typ.«

»In welchem Verhältnis stehen Sie beide eigentlich zu den Flechsners?«

Der Glatzkopf zog die Augenbrauen zusammen.

»Was für eine komische Frage ist das denn? Wir sind dicke Freunde, seit ewigen Zeiten. Lukas und ich waren als Kinder zusammen auf der Schule.«

»Ist das Ihr erster Urlaub auf Juist?«

»Ja, wir haben das Ferienhaus für eine Woche gebucht, am Freitag reisen wir wieder ab.«

Momentan war Mittwoch.

»Was machen Sie beruflich, Herr Rotte?«

»Ich bin Inhaber von Rotte Security«, lautete die stolze Antwort. »Objektschutz, Security, das ganze Paket. Sie und ich sind sozusagen Kollegen.«

»Sozusagen«, wiederholte Witte mit milder Ironie, die der Glatzkopf aber nicht bemerkte. »Und Sie, Frau Rotte?«

»Ich bin Hausfrau.«

»Wo waren Sie eigentlich, während Ihr Freund am Strand spazieren ging?«

»Wir haben gemütlich zusammen gefrühstückt«, sagte Rotte. »So war es doch, Lisa?«

Seine Frau nickte gehorsam. Witte fragte sich innerlich, wer von den dreien Lukas Flechsner getötet hatte. Oder waren die Dinge komplizierter, als sie momentan erschienen? Der Kommissar hatte während seiner Jahre bei der Polizei gelernt, dass der erste Eindruck nicht zwangsläufig die Wirklichkeit abbildete.

»Und Frau Flechsner war auch die ganze Zeit hier?«, hakte Witte nach.

»Ja, zum Kuckuck! Was soll die Fragerei?«, gab Rotte gereizt zurück. Bevor der Inselpolizist etwas erwidern konnte, kehrte Antje mit Claudia Flechsner zurück. Die Ehefrau des Toten trug nun eine weiße Baumwollhose, blaue Sneakers und ein dunkelblaues Sweatshirt mit einem aufgestickten goldenen Anker. Sie sah aus, als ob sie zu einer Segeltour aufbrechen wollte.

»Ich fahre mit Frau Flechsner zur Rettungswache, wir treffen uns dann später auf der Dienststelle«, sagte Antje. Witte nickte. Während die beiden Frauen nach draußen gingen, wandte er sich noch einmal an das Ehepaar.

»Sie halten sich bitte zu unserer Verfügung. Es ist gut möglich, dass der Tod von Lukas Flechsner noch weitere Fragen aufwirft.«

Spätestens in dem Moment, wenn wir euch eure Lügen nachweisen können, fügte er in Gedanken hinzu. Dirk und Lisa Rotte schauten Witte schweigend nach, als er Richtung Ortskern fuhr.

Hielt dieses Trio die Polizei für so naiv? Glaubten die drei Personen wirklich, dass sich der wahre Todeszeitpunkt des Opfers nicht feststellen ließ? Oder war ihnen keine überzeugendere Lüge eingefallen, weil es ihnen allen schlicht an Fantasie mangelte?

Diese Fragen gingen Witte durch den Kopf, während er am Hotel Atlantic vorbeifuhr und wenig später beim Schiffchenteich in die Bahnhofstraße einbog. Der Kommissar nahm sich vor, umgehend eine POLAS-Abfrage zu den drei Verdächtigen zu starten. Womöglich hatten sie schon etwas auf dem Kerbholz. Doch als er sich der geschlossenen Polizeiwache näherte, wurde Witte bereits erwartet.

Ummo Vreck hockte vor der Tür.

Kapitel 3

»Was kann ich für Sie tun?«, fragte Witte, während er die Dienststelle aufschloss. Ummo Vreck sah genauso aus wie bei ihrer kürzlichen Begegnung. Wahrscheinlich verfügte er über keine große Auswahl an Kleidern. Sein übergewichtiger Körper steckte in einer Cordhose und einem Rollkragenpullover. Beides roch stark nach billigem Tabak. Die schmuddelig-weiße Kapitänsmütze saß wie üblich schief auf seinem Quadratschädel. Vreck schaute Witte aus seinen geröteten kleinen Augen an. Der Inselpolizist konnte unmöglich einschätzen, ob dieser Mann noch Restalkohol im Blut hatte oder bereits wieder betrunken war.

»Ich muss was melden«, erklärte Vreck mit schwerer Zunge. Während seiner früheren Einsätze in Großstädten hatte der Kommissar oft genug mit Trinkern zu tun gehabt. Insofern war ihm klar, dass er nicht jedes Wort von ihnen auf die Goldwaage legen durfte. Witte bewies im Umgang mit Alkoholikern eine Engelsgeduld, sofern sie nicht aggressiv wurden.

Und Vreck schien ein friedlicher Zeitgenosse zu sein, jedenfalls in diesem Moment. Der Inselpolizist deutete auf seinen Besucherstuhl, nachdem die beiden Männer die Polizeistation betreten hatten.

»Nehmen Sie bitte Platz. Möchten Sie einen Tee?«

»Etwas Stärkeres wäre mir lieber.«

Witte grinste.

»Das hier ist eine Polizeiwache und keine Kneipe.«

»Gut, dann gerne einen Tee.«

Der Kommissar füllte Wasser in den Kessel und schaltete in der Miniküche die Kochplatte ein. Dann schaute er den Besucher erwartungsvoll an.

»Also?«

»Ich bin eine ehrliche Haut«, beteuerte Vreck.

»Daran habe ich nicht gezweifelt.«

»Dann ist es ja gut, Herr Wachtmeister. Es ist nur so, dass ich vorige Nacht etwas ganz Verrücktes gesehen habe.«

»Erzählen Sie, ich habe Zeit.«

Der Wasserkessel pfiff, und Witte goss Tee auf. Er stellte für Vreck eine Tasse, Kandis, Sahne, ein Stövchen und einen Teller mit Keksen hin. Die kurze Unterbrechung gab dem Bärtigen Gelegenheit, sich innerlich zu sammeln. Als er den ersten Schluck Tee intus hatte, sprudelten die Worte nur so aus ihm hervor.

»Ich hatte ein paar Bierchen gezischt und wollte heimgehen. Da sah ich an der Hammerseestraße plötzlich diese verdächtigen Gestalten.«

»Was kam Ihnen an denen denn merkwürdig vor?«, wollte Witte wissen.

Vreck beugte sich vor und senkte die Stimme. So, als ob er befürchtete, dass jemand mithören könnte.

»Sie hatten schwarze Umhänge. Ich glaube, es waren Vampire.«

Der Inselpolizist hatte von Betrunkenen schon die seltsamsten Behauptungen gehört. Daher nahm er den Hinweis auf Blutsauger einfach zur Kenntnis, obwohl er nicht an Übersinnliches glaubte.

»Und was haben die Vampire getan?«

»Ich glaube, sie wollten jemanden opfern. Sie trugen ein längliches Paket, da hätte ein Mensch drin sein können.«

Bei Witte schrillten die Alarmglocken.

»Wie viele Vampire waren es? Konnten Sie das erkennen?«

Der Bärtige seufzte.

»Es war ja leider dunkel, und die Beleuchtung ist dort nicht die beste. Es können zwei oder drei gewesen sein, ich möchte es nicht auf die Bibel schwören.«

»Hatten Sie gar keine Angst?«

Vreck zögerte mit der Antwort.

»Ja und nein«, gestand er schließlich. »Sehen Sie, ich war ziemlich blau. Dann fühle ich mich oft mutiger, als ich wirklich bin. Ich schrie: ›Was macht ihr da, ihr Schweinebande?‹ Da liefen die Vampire weg.«

»In welche Richtung?«

»Zum Piratenpad, dort ist es nachts zappenduster. Ich traute mich dann dort nicht, sie zu verfolgen. Außerdem bin ich nicht mehr gut zu Fuß.«

»Ich verstehe«, sagte Witte. Vreck bekam diese Antwort in den falschen Hals.

»Sie glauben mir nicht, oder? Sie denken, dass der alte Säufer Ihnen etwas vorspinnt!«

»Das habe ich nicht gesagt.«

»Ich bin eine ehrliche Haut!«, wiederholte Vreck. »Und ich kann mich auf meine Augen verlassen, auch wenn ich nicht ganz nüchtern war. Den hier haben die Vampire nämlich verloren, als sie abgehauen sind.«

Mit diesen Worten legte er einen goldenen Ehering auf den Schreibtisch. Witte hielt den Atem an. Er griff nach dem Kleinod und las die Inschrift auf der Innenseite: Claudia, 2. Mai. Es sah ganz danach aus, dass Vreck den Ehering des Toten gefunden hatte.

»Was haben Sie getan, nachdem die Vampire verschwunden waren?«, hakte Witte nach.

»Ich wollte ja eigentlich nach Hause. Aber der Schreck war mir in die Glieder gefahren, außerdem hatte ich noch etwas Schnaps dabei. Also bin ich zum Spielplatz zurück, um mich kurz auszuruhen und mich zu stärken. Da muss ich wohl eingenickt sein, bis unsere verehrte Bürgermeisterin mich geweckt hat.«

»Bei diesen unbekannten Gestalten handelt es sich nicht um Vampire, trotzdem haben Sie uns bei den Ermittlungen sehr geholfen«, lobte der Inselpolizist. »Essen Sie noch ein paar Kekse, während ich Ihre Aussage in Schriftform bringe.«

Vreck nickte und stopfte einige Schokoladenkekse in sich hinein. Witte tippte die neuen Informationen in den Computer. Er blickte von der Tastatur auf.

»Können Sie die Personen genauer beschreiben?«

»Nee, leider nicht, Herr Wachtmeister. Mir kamen sie wie Vampire vor, auf jeden Fall irgendwie unheimlich. Manchmal bin ich über mich selbst verwundert. Sie hätten mich ja auch angreifen können, anstatt zu fliehen.«

Das stimmte natürlich, wie der Kommissar fand. Seiner Meinung nach war es ein großes Glück, dass die Täter auf den Trunkenbold getroffen waren. Für Witte stand fest, dass Vreck die Mörder von Flechsner gesehen hatte. Es passte alles zusammen. Womöglich hätten sie ohne diese Begegnung den Leichnam in die Nordsee geworfen. Dadurch wäre die Ermittlung noch weiter verkompliziert worden.

Falls das überhaupt möglich ist, dachte er.

Etwas später war das Aussagenprotokoll fertig. Vreck fischte eine Brille im John-Lennon-Stil aus der Tasche und las sich alles sorgfältig durch. Dann kritzelte er seine Unterschrift auf die letzte Seite und wischte sich mit dem Handrücken über die Stirn.

»Mann, war das anstrengend! Jetzt brauche ich erst mal eine Stärkung!«

Bevor der Inselpolizist etwas erwidern konnte, betrat Antje die Polizeiwache. Sie war überrascht, den Bärtigen dort anzutreffen. Sie wandte sich an Witte.

»Hatten wir nicht besprochen, dass wir gemeinsam zu Ummo gehen?«

»Ich bin von selbst gekommen, ich bin nämlich eine ehrliche Haut!«, wiederholte Vreck stolz. »Dein Kollege ist ja richtig nett, Antje.«

Mit diesen Worten machte er sich aus dem Staub. Offenbar hatte er großen Durst.

»Du wirst kaum glauben, was ich von Ummo Vreck erfahren habe!«, sagte Witte. Er zeigte ihr das Protokoll und gab ihr eine Kurzfassung. Antje runzelte die Stirn.

»Die Sache wird immer rätselhafter. Warum hüllt sich das Trio in schwarze Umhänge, während sie die Leiche beiseiteschaffen? Wir sind uns wohl einig darüber, dass es sich bei Ummos Vampiren um das Ehepaar Rotte sowie die Frau des Ermordeten handelt.«

Der Inselpolizist nickte eifrig und präsentierte den Ehering.

»Ja, und dieses Beweisstück hat die ehrliche Haut Ummo uns freundlicherweise überlassen. Dank seiner Aussage können wir beweisen, dass die dunklen Gestalten den Ring beim Leichentransport verloren haben.«

»Vielleicht gehören die beiden Paare ja irgendeiner obskuren Sekte an«, mutmaßte Antje.

»Das ist möglich. Ich wollte eine POLAS-Abfrage machen, doch dann kam mir Vrecks Besuch dazwischen.«

Der Kommissar griff nun auf die polizeilichen Datenbanken zu. Keiner der drei Verdächtigen war bisher mit dem Gesetz in Konflikt gekommen. Doch als Witte die Namen durch eine allgemeine Suchmaschine laufen ließ, wartete eine weitere Neuigkeit auf ihn.

»Das wirst du nicht glauben, Antje!«

»Allmählich wundere ich mich über gar nichts mehr«, gab seine Kollegin trocken zurück. Sie kam zu ihm hinüber und beugte sich vor, um den Monitor besser sehen zu können. Witte fand es höchst angenehm, wie ihre blonden Haarspitzen sein Ohr berührten. Antje duftete nach einem fruchtigen Duschgel.

Der Computerbildschirm zeigte die Homepage einer Vereinigung, die sich Hamburg Lupe nannte. Ein Gruppenfoto zeigte Claudia und Lukas Flechsner sowie Lisa und Dirk Rotte. Der Glatzkopf war in einen schwarzen Umhang gehüllt, während die drei anderen Personen Kleider im Stil des neunzehnten Jahrhunderts trugen. Flechsner hatte sogar einen Zylinderhut auf dem Kopf, während die beiden Damen in bodenlange Gewänder voller Rüschen gehüllt waren.

»›Bei uns werden die Zeiten von Sherlock Holmes wieder lebendig‹«, las Witte vor. »›Abwechslungsreiche Mörderspiele sorgen für Spannung und Nervenkitzel. Wer ist der Täter? Rätseln Sie mit uns und werden Sie zum Amateurdetektiv.‹«

»Ich brauche keine Mörderspiele, um mich zu unterhalten«, bemerkte Antje trocken. »Wenn ich das richtig sehe, ist Hamburg Lupe so eine Art Rollenspiel-Vereinigung, die erfundene kriminalistische Rätsel löst.«

»Das wäre ein harmloser Zeitvertreib, wenn Flechsner noch leben würde«, erwiderte Witte. »Du hast noch gar nichts von der Identifizierung erzählt.«

»Claudia Flechsner war sehr gefasst, als sie ihren toten Ehemann anschaute«, berichtete die Inselpolizistin. »Das wundert mich eigentlich nicht, denn sie hatte ja genügend Zeit, sich auf diesen Moment vorzubereiten. Außerdem wäre es möglich, dass sie selbst ihn umgebracht hat. Besonders auffällig war, dass sie sich überhaupt nicht nach der Todesursache erkundigt hat. Wenn Menschen auf unnatürliche Art ums Leben kommen, ist das doch normalerweise die erste Frage von Angehörigen.«

»An diesem Fall scheint mir nichts normal zu sein«, seufzte Witte. »Ist Frau Flechsner zum Ferienhaus zurückgefahren?«

»Das hat sie zumindest behauptet. Sie will so schnell wie möglich nach Hamburg zurückkehren. Ich fürchte, dass es momentan keine Handhabe gibt, um sie und das Ehepaar Rotte auf Juist festzuhalten. Jedenfalls nicht, bis wir ihnen eine Beteiligung an dem Mord nachweisen können.«

»Wir können das Trio nicht an der Abreise hindern«, stimmte Witte zu. »Aber es dürfte ihnen trotzdem nicht leichtfallen, einfach zu verschwinden. Ich habe gestern gehört, dass die heutige Nachmittagsfähre ausgebucht ist, morgen sieht es nicht besser aus. Und die Inselflieger sind ebenfalls belegt, weil uns noch eine kleine Rückreisewelle bevorsteht. Die normale Rückreise werden sie für Freitag gebucht haben, wenn sie wirklich nur eine Woche hierbleiben wollten.«

»Ja, daran hatte ich gerade nicht gedacht«, sagte Antje. »Es ist ein Glück, dass wir wenigstens noch den Leichnam aufs Festland schaffen lassen können. Aber ein Toter gilt ja streng genommen nicht als Passagier, und die sterblichen Überreste werden die Reise im Frachtraum antreten. – Was hältst du davon, wenn wir die Witwe und das Ehepaar getrennt voneinander befragen? Wir haben jetzt immerhin den Ehering und Ummos Zeugenaussage. Das sollte reichen, um die Verdächtigen in die Enge zu treiben.«

Kapitel 4

Tjark Fedder hatte die *Juister Kajüte* erst vor einer Stunde geöffnet. Mittags war in der gemütlichen Seemannskneipe an der Strandpromenade noch nicht viel los, aber Antjes Vater wollte sich nicht ausschließlich auf das Abendgeschäft konzentrieren. Tagsüber kamen oft Familien mit Kindern in die Gaststätte des pensionierten Fahrensmannes, wo die Kleinen die nautischen Instrumente und maritimen Erinnerungsstücke an den hölzernen Wänden bewunderten. Wenn Tjark in Stimmung war, erzählte er gerne mehr oder weniger wahrheitsgetreue Geschichten aus seiner Zeit auf den sieben Weltmeeren.

An diesem Tag wollte Antjes Vater es langsam angehen lassen. Seine Bedienung war noch nicht eingetroffen, zu dieser späten Vormittagsstunde hatte er sein Lokal problemlos allein im Griff. Im Außenbereich schien es immer nach Sonnencreme zu riechen, denn die zurückliegenden heißen Monate hatten auf der Insel für viele Tage mit reichlich Sonnenstunden gesorgt. Tjark konnte sich über den Umsatz nicht beklagen, doch nun freute er sich auf den ruhigeren Herbst.

Ein Mann kam in den Gastraum gestapft und setzte sich grußlos an die Theke.

»Moin«, sagte der Wirt freundlich. »Was soll es sein?«

»Ein Helles und einen Klaren.«

Tjark nickte und musterte den Kerl aus dem Augenwinkel, während er mit dem Bierzapfen begann. Man musste kein Psychologe sein, um die miese Laune des Gastes zu bemerken. Sein Schädel war kahl rasiert, er war breit gebaut und mit zahlreichen Tattoos geschmückt. Und er sprach mit unverkennbarem Hamburger Dialekt.

Der Glatzkopf roch nach einem teuren After Shave. Oberflächliche Menschen hätten ihn für einen simplen

Schlägertyp gehalten, aber ein Mann mit Tjark Fedders Lebenserfahrung fällte nicht so schnell ein Urteil. Diesen Typ musste man zweifellos mit Vorsicht genießen, doch ein einfacher Krawallbruder war er nicht.

Tjark goss einen Schnaps ein und stellte dem Gast das frisch gezapfte Bier hin.

»Zum Wohl«, sagte er. Der Kahle erwiderte nichts und kippte den Weizenkorn herunter, spülte mit Pils nach. Höflichkeit schien nicht zu seinen Stärken zu gehören. Als Kneipenbesitzer hatte Tjark ein feines Gespür für Menschen entwickelt. Und diesem bulligen Besucher erschienen offenbar seine eigenen Probleme als das Wichtigste auf der Welt.

»Noch einen!«, forderte er und schob dem Wirt sein leeres Schnapsglas hin. Der ehemalige Seebär füllte nach.

»Ärger gehabt?«, fragte er locker.

»Das kann man wohl sagen!«, stieß der Glatzkopf hervor. »Wie kommt man eigentlich von dieser Drecksinsel herunter?«

»Mit der Fähre.«

»Sehr witzig! Ich war gerade am Hafen. Das Schiff ist heute und morgen komplett ausgebucht.«

»Normalerweise buchen Sie doch die Rückfahrt schon vor der Ankunft«, gab der Wirt zu bedenken. Der Gast machte eine wegwerfende Handbewegung.

»Das weiß ich selbst, ich bin ja nicht bescheuert. Aber wir wollen vorzeitig abreisen, das scheint momentan mit der Fähre nicht möglich zu sein. Und auf dem Flugplatz läuft auch nichts.«

»An manchen Tagen kann das schon mal vorkommen«, erklärte Tjark. »Sie können versuchen, eine Chartermaschine zu buchen. Ob Sie ein Flugzeug für heute oder morgen finden, steht allerdings auf einem anderen Blatt.«

»Sehr ermutigend!«, murrte der Kerl. Er nippte an seinem Bier und ließ seinen Blick nach links und rechts schweifen. Ob er sich vergewissern wollte, mit Tjark allein zu sein? Antjes Vater rechnete schon damit, dass dieser seltsame Gast eine krumme Tour versuchen würde. Der Glatzkopf beugte sich vor und senkte die Stimme.

»Sie leben schon länger auf Juist, oder?«

»Das kann man sagen«, gab Tjark zurück. Er war wirklich ein gebürtiger Insulaner, hatte allerdings während seiner Jahre bei der Handelsmarine die ganze Welt gesehen, bevor er als Rentner zurückgekehrt war und das Lokal eröffnet hatte. Doch das ging einen unsympathischen Fremden nichts an, wie er fand.

»Wie sind denn die Bullen hier so?«

Tjark öffnete den Mund, um eine scharfe Antwort zu geben, doch er bremste sich. Der Wirt konnte es allgemein nicht ausstehen, wenn jemand respektlos über Polizeibeamte sprach. Und das nicht nur, weil seine Tochter sich für diesen Beruf entschieden hatte. Doch vielleicht konnte er Antje helfen, indem er zum Schein auf den Gast einging. Also grinste Tjark breit.

»Warum fragen Sie? Macht die Polente Ärger?«

Der Glatzkopf trank das Bier aus und bestellte mit einer Handbewegung ein weiteres Glas.

»Ärger ist zu viel gesagt. Ich habe mich gewundert, dass es auf so einer kleinen Insel überhaupt eine Wache gibt.«

»Die Juister Bullen sind nicht besonders helle«, log Tjark. »Vor denen brauchen Sie keine Angst zu haben.«

»Was passiert denn, wenn hier jemand umgekommen ist?«

Antjes Vater horchte auf. Nun wurde es interessant. Stand eine neue Mordermittlung an? Davon hatte er noch nichts erfahren, und Tjark hielt sich eigentlich für gut informiert. Vielleicht war die Sache ja noch ganz frisch.

»Das weiß ich nicht«, behauptete Tjark. »Wahrscheinlich wird die Leiche aufs Festland gebracht, um obduziert zu werden. Wieso, haben Sie jemanden umgebracht?«

Der Wirt stellte die Frage mit einem Augenzwinkern und einem breiten Grinsen, dennoch blieb er auf der Hut. Während seiner Jahre bei der christlichen Seefahrt hatte Tjark es schon öfter mit unangenehmen Zeitgenossen zu tun gehabt. Und er würde seinen Mann stehen, auch wenn er nicht mehr der Jüngste war.

Der Glatzkopf rang sich ein falsches Lächeln ab.

»Nee, ich … habe aus reiner Neugier gefragt. Und wenn ich ein Mörder wäre, würde ich es Ihnen bestimmt nicht auf die Nase binden.«

Es sei denn, du wärst so dumm, wie du aussiehst, sagte Antjes Vater in Gedanken zu dem Kerl. Tjark hob die Schnapsflasche.

»Wollen Sie sich noch einen Schluck genehmigen? Das geht aufs Haus.«

»Da sage ich nicht Nein. – Meine Freunde und ich sind in eine unangenehme Lage geraten, die Polizei könnte uns verdächtigen.«

»Haben Sie denn etwas zu verbergen?«, fragte der Wirt möglichst beiläufig.

»Ich habe jedenfalls niemanden umgebracht!«

Es kam Tjark so vor, als ob sein Gast in diesem Moment ehrlich zu ihm wäre. Allerdings hätte Antjes Vater nicht sagen können, ob das entscheidende Wort in dem Satz *ich* oder *umgebracht* lautete. Er konnte es jedenfalls kaum abwarten, endlich mit seiner Tochter zu telefonieren.

Kapitel 5

Antjes Smartphone klingelte, als sie gemeinsam mit Roland wieder zum Ferienhaus der Verdächtigen fuhr. Sie sah, dass ihr Vater anrief, und drückte das Gespräch weg. Eigentlich war es nicht ihre Art, ein Telefonat einfach abzuwürgen. Schon gar nicht, wenn sich Tjark Fedder bei ihr meldete. Aber sie wollte sich jetzt ganz auf die Befragung von Claudia Flechsner konzentrieren. Die Kommissarin nahm sich vor, ihren Papa so bald wie möglich zurückzurufen. Falls es wichtig war, würde er es sowieso noch einmal versuchen.

Als die Inselpolizisten ins Haaks Gat einbogen, sahen sie Lisa Rotte vor der Haustür stehen. Sie paffte eine Zigarette und bewegte sich unruhig hin und her. Die Nervosität stand ihr ins Gesicht geschrieben.

»Moin, wir möchten noch einmal mit Frau Flechsner sprechen«, sagte Antje und schaute die Brünette direkt an. Lisa Rotte konnte ihrem Blick nicht standhalten.

»Claudia ist an den Strand gegangen, sie wollte den Kopf frei bekommen.«

»Und wo befindet sich Ihr Ehemann?«, fragte Roland.

»Dirk wollte zum Hafen, um uns Plätze auf einer Fähre zu buchen. Sie werden verstehen, dass wir nach diesem schrecklichen Ereignis keine Minute länger als nötig auf Juist bleiben wollen.«

Der Kommissar erwiderte nichts. Antje konnte sich vorstellen, dass ihm genauso viele Fragen unter den Nägeln brannten wie ihr selbst. Es war ein beruhigendes Gefühl, dass die Verdächtigen weder an diesem noch am nächsten Tag die Insel verlassen konnten.

»Wir werden Ihre Freundin suchen«, sagte die Inselpolizistin. »Falls wir Frau Flechsner verfehlen und sie wieder hier erscheint, dann soll sie sich bitte bei der Polizeiwache melden.«

Mit diesen Worten gab Antje Lisa Rotte eine Visitenkarte, auf der auch die Adresse der Dienststelle stand.

»Claudia ist nicht meine Freundin!«, stieß die Frau hervor. Im nächsten Moment schien sie diesen spontanen Gefühlsausbruch zu bereuen, jedenfalls kam es der Kommissarin so vor. Sie hakte sofort nach.

»Ich dachte, dass Sie alle Freunde wären, immerhin haben Sie gemeinsam ein Ferienhaus gemietet.«

»Dirk und Lukas kennen sich seit Ewigkeiten. Ich ertrage Claudia nur, weil sie mit dem Freund meines Mannes verheiratet ist. Oder war? Er lebt ja nicht mehr. Nur aus diesem Grund ertrage ich die eingebildete Zicke.«

Antje hob die Augenbrauen. Sie hatte eigentlich angenommen, dass dieses Trio zusammenhalten würde wie Pech und Schwefel. Doch Lisas offensichtliche Abneigung gegen die Ehefrau des Toten würde die Ermittlungsarbeit eventuell erleichtern. Das schien auch Roland so zu sehen. Als die Inselpolizisten wenig später auf dem Piratenpad Richtung Strand unterwegs waren, fragte er:

»Warum haben wir die Nikotinfreundin nicht etwas intensiver ins Gebet genommen? Ihr Muskelprotz-Ehemann glänzt durch Abwesenheit, er kann uns also nicht dazwischenfunken. Womöglich hätten wir interessante Einzelheiten von ihr erfahren.«

»Ja, vielleicht. Ich habe auch daran gedacht. Es scheint mir aber vordringlicher, Claudia Flechsner zu finden. Sie wirkte vorhin benommen, sie könnte unter Medikamenten stehen. Immerhin hat sie gerade ihren Ehemann verloren. Es wäre denkbar, dass sie eine Dummheit macht.«

»Du befürchtest einen Selbstmord?«

»Wir dürfen nichts ausschließen, Roland. Dieser Fall ist äußerst undurchsichtig, das muss ich wohl nicht betonen.«

»Nein, das ist mir auch schon aufgefallen«, gab ihr Kollege trocken zurück.

Sie hatten den Weg hinter sich gelassen, und nun lag der breite Sandstrand vor ihnen. Auf dem Piratenpad waren die Kommissare noch durch die links und rechts aufragenden mit Strandhafer bewachsenen Dünen vor dem Wind geschützt gewesen, doch hier auf dem breiten, flachen Sandstreifen wehte eine gewaltige Brise. Gischtflocken von der Brandung wehten landeinwärts, und Antje schmeckte das Salz auf ihren Lippen. Obwohl sie gebürtige Insulanerin war, konnte sie von der rauen Natur ihrer Heimat nicht genug bekommen. Sie genoss es immer wieder, am Strand zu sein. Doch jetzt war sie nicht zu ihrem Vergnügen hier.

Nur wenige Spaziergänger und Jogger bewegten sich entlang der Wasserlinie. Antje beschirmte ihre Augen mit der flachen Hand und versuchte, Details zu erkennen. Aber die Menschen waren zu weit von ihr entfernt. Die Inselpolizistin hätte noch nicht einmal sagen können, ob es sich bei ihnen um Frauen oder Männer handelte.

»Lass uns Richtung Billriff gehen«, schlug sie vor.

Roland nickte. In dem weichen Sand mussten sie ihre Fahrräder schieben. Antje machte sich bewusst, dass Lisa Rotte Claudia Flechsner telefonisch vor dem Polizeibesuch warnen konnte. Ob sie das wohl tun würde, obwohl sie diese Frau so offensichtlich nicht mochte? Die Kommissarin war auf sich selbst sauer, weil sie Claudia Flechsner vorhin nicht nach ihrer Mobilfunknummer gefragt hatte. Das ließ sich momentan jedoch nicht ändern.

»Ist sie das?«, fragte Roland und zeigte auf eine Gestalt, die weit vor ihnen am Rand einer Düne im Sand kauerte.

»Wir werden es feststellen«, gab Antje laut zurück, um das Heulen des Windes zu übertönen. Die Ermittler stapften durch den feuchten Sand. Man gewöhnte sich mit der Zeit an den unebenen, nachgebenden Boden unter den Schuhsohlen. Trotzdem hatte Antje immer noch keinen Trick gelernt, um am Strand wirklich schnell voranzukommen.

»Das ist wirklich die Gesuchte«, sagte die Kommissarin, als sie ungefähr die Hälfte der Distanz überwunden hatten. »Sind deine Augen so gut?«

»Nee, aber im Raten bin ich nicht schlecht«, gab Roland grinsend zurück.

Es dauerte nicht lange, bis die Ermittler vor der Frau standen.

Claudia Flechsner kauerte auf dem Boden, wobei sie die Arme um ihre Knie geschlungen hatte. Sie hob den Kopf und warf den Inselpolizisten einen glasigen Blick zu.

»Was wollen Sie denn schon wieder?«

Antje beschloss, den Stier bei den Hörnern zu packen. Sie vergegenwärtigte sich, dass diese Frau durchaus selbst ihren Mann getötet haben konnte.

»Sie haben uns nicht die Wahrheit gesagt, Frau Flechsner.«

»Wie kommen Sie dazu, so etwas zu behaupten? Mein Mann ist spazieren gegangen, das ist alles, was ich weiß.«

Die Inselpolizistin schüttelte den Kopf.

»Nein, so war das nicht. Wir haben eine Zeugenaussage, nach der ein lebloser Körper während der vergangenen Nacht von mehreren Personen zum Piratenpad geschafft wurde. Bei diesem Leichnam dürfte es sich um Ihren Ehemann gehandelt haben.«

»Ihr Zeuge täuscht sich.«

»Das glaube ich nicht.« Antje zog den Ehering hervor. »Diesen Gegenstand hat die Gruppe verloren.«

»Die Gravur ist eindeutig«, ergänzte Roland. »Wir kennen Ihren Vornamen, und das Datum Ihrer Eheschließung finden wir auch heraus. Geben Sie es endlich zu.«

Claudia Flechsner streckte die Beine aus und verschränkte trotzig die Arme vor der Brust. Einen depressiven Eindruck machte sie auf Antje nicht.

»Ich möchte mit einem Anwalt sprechen, bevor ich weitere Fragen beantworte!«

»Das können Sie selbstverständlich tun«, sagte die Kommissarin. »Dieser Jurist praktiziert auf Juist und kann Sie wahrscheinlich kurzfristig beraten.«

Mit diesen Worten fischte sie die Visitenkarte von Dr. Claas Brochtersen aus der Tasche. Claudia Flechsner wirkte verblüfft. Wahrscheinlich hatte sie nicht damit gerechnet, dass es auf einer so kleinen Insel überhaupt einen Rechtsanwalt gab. Tatsächlich war Dr. Brochtersen nicht auf Strafrecht spezialisiert, aber Volljurist blieb Volljurist. So lautete jedenfalls Antjes Meinung.

»Wir bleiben mit Ihnen in Verbindung. Es ist sehr wichtig, dass Sie so bald wie möglich mit uns reden.«

Mit diesen Worten wandte die Inselpolizistin sich von der Verdächtigen ab. Als sie außer Hörweite waren, sagte Roland: »Der Gesichtsausdruck der Flechsner, als du die Visitenkarte aus dem Hut gezaubert hast, war unbezahlbar.«

Antje zuckte mit den Schultern.

»Sie muss sich ja nicht von Dr. Brochtersen vertreten lassen. Wenn sie clever ist, holt sie sich einen Staranwalt aus Hamburg und hält den Schnabel, bis er auf der Insel eingetroffen ist.«

»Ich finde, du überschätzt die Intelligenz dieser Frau, Antje. Dilettantischer kann man es ja wohl kaum anstellen, wenn man eine Leiche verschwinden lassen will.«

»Vergiss nicht, dass Ummo ihnen dazwischengefunkt hat. Das Trio wird sich etwas dabei gedacht haben, das Opfer zu entkleiden und ihm sogar den Ehering abzuziehen. Ich glaube nach wie vor, dass sie Flechsner in die Nordsee werfen wollten.«

»Ja, da gebe ich dir recht«, erwiderte Roland. »Ich frage mich, wer der Täter oder die Täterin war: die Ehefrau, die Kettenraucherin oder der Brutalo.«

»Die beiden anderen haben auf jeden Fall Beihilfe geleistet, wenn Ummo sich nicht gründlich getäuscht hat«, stellte die Inselpolizistin klar. »Also haben wir es mit drei Tatverdächtigen zu tun.«

»Lass uns Lisa Rotte auf den Zahn fühlen, nachdem wir bei Claudia Flechsner abgeblitzt sind«, schlug Antjes Kollege vor. Damit war die Kommissarin einverstanden. Als die Inselpolizisten wieder den Piratenpad erreicht hatten, rief Tjark Fedder noch einmal an. Antje wollte ihren Vater nicht schon wieder ignorieren. Sie nahm das Telefonat an.

»Was gibt es Neues, Papa?«

Das Gespräch dauerte nur kurz. Sie sagte:

»Am besten, du berichtest uns alles später in der Juister Kajüte, einverstanden? – Ja, ich freue mich auch. Bis dann.«

Sie steckte ihr Telefon wieder ein, und ihr Kollege schaute sie gespannt an.

»Ich habe eine gute Nachricht für dich, Roland.«

»Wirklich?«

»Ja. Du darfst mich heute Abend auf ein Bier in der Kneipe meines Vaters einladen. Er hatte heute einen verdächtigen Gast, dessen Beschreibung auf Dirk Rotte passen könnte.«

»Das ist wirklich spannend. Dein Vater ist ein guter Beobachter. Es würde mich nicht wundern, wenn unsere Ermittlungen dadurch vorankommen.«

Antje nickte und musste ein Schmunzeln unterdrücken. Roland freute sich wie ein kleiner Junge, weil er abends mit ihr ausgehen durfte. Gewiss, es war eigentlich ein beruflicher Anlass, und in Gegenwart ihres Vaters würde er bestimmt nicht versuchen, ihr näherzukommen. Dabei hätte Tjark Fedder gar nichts dagegen, wenn aus den beiden ein Liebespaar würde. Das hatte er in der Vergangenheit sehr deutlich gemacht.

Antje vermutete schon länger, dass Roland ein Auge auf sie geworfen hatte. Und eigentlich fühlte sie sich ebenfalls zu ihm hingezogen, wenn sie ehrlich war. Trotzdem war sie mit sich selbst uneins, ob sie ihm wirklich näherkommen wollte. Die Inselpolizistin redete sich ein, dass der Abendtermin rein beruflich war.

Neben der Tür des Ferienhauses befand sich ein Stand-Aschenbecher aus Messing, in dem fünf Kippen lagen.

»Mit deiner Bezeichnung Kettenraucherin hast du vermutlich recht«, sagte Antje leise zu ihrem Kollegen. »Claudia Flechsner und Dirk Rotte sind nicht hier, also dürften die Zigarettenreste von Lisa Rotte stammen.« Sie betastete die Kippen mit spitzen Fingern und fügte hinzu: »Die Filter sind alle noch feucht von ihrem Speichel, und die Lippenstiftspuren an den Glimmstängeln stammen garantiert nicht von ihrem Ehemann.«

Roland nickte und klingelte an der Tür. Es dauerte nicht lange, bis die Brünette öffnete und die Augen verdrehte.

»Was wollen Sie denn schon wieder? Haben Sie Claudia nicht gefunden?«

»Doch, aber sie verweigert die Aussage«, antwortete Antje auf Lisa Rottes Frage. Die Reaktion der Verdächtigen bestand in einem Schulterzucken.

»Sie wird dafür schon ihre Gründe haben.«

»Wir möchten mit Ihnen sprechen«, sagte Roland mit einem fordernden Unterton. »Und Sie sollten schon jetzt erfahren, dass es einen Augenzeugen gibt. Sie, Ihr Ehemann und Frau Flechsner haben nicht die Wahrheit gesagt.«

Mit dieser Information hatte Lisa Rotte offenbar nicht gerechnet. Sie zuckte zusammen und gab die Tür frei. Die Inselpolizistin wusste, dass es normalerweise nicht Rolands Art war, die Menschen so anzuschnauzen. Aber da Frau Rottes Ehemann ein eher dominanter Typ war, kannte sie diese Art der Ansprache offenbar nur allzu gut. Jedenfalls führte sie die Ermittler ins Wohnzimmer, wo Lisa Rotte auf der äußersten Kante eines Sessels Platz nahm. Sie hielt den Rücken kerzengerade und faltete die Hände züchtig im Schoß.

In dem hell und modern eingerichteten Raum hätte Antje sich wohlfühlen können, wenn die Atmosphäre nicht so angespannt gewesen wäre. Ein süßlicher Geruch von Duftkerzen lag in der Luft. Wer wohl versucht hatte, durch ihr Abbrennen Behaglichkeit zu verbreiten? Die Kommissarin tippte auf Lisa Rotte. Es war, als ob diese Frau den von ihr verursachten Zigarettenqualm durch angenehmere Düfte überlagern wollte. Schon beim ersten Besuch war Antje aufgefallen, dass die Brünette ein teures Parfüm aufgelegt hatte.

»Heute Morgen war Lukas Flechsner bereits tot«, stellte Roland klar. »Wollen Sie diese Tatsache leugnen?«

Lisa Rotte rang nach Atem, sie begann zu schwitzen. Antje dachte sich, dass sie das schwächste Glied in der Kette war. Von ihr konnte man zweifellos eher eine ernsthafte Aussage bekommen als von ihrem Ehemann oder von Claudia Flechsner.

»Ich …«

Doch bevor sie einen ganzen Satz von sich geben konnte, kehrte Dirk Rotte zurück.

»Was ist hier los?«, grollte er. Der Glatzkopf nahm eine drohende Pose ein. Breitbeinig stand er da, die Fäuste geballt, das Kinn gesenkt. Im Gegensatz zu seiner Frau roch er nach schalem Bier und Schnaps, vermischt mit einem Hauch von Schweiß. Seine Augen waren blutunterlaufen. Antje wünschte sich in diesem Moment beinahe, dass er eine Dummheit machte. Nach einem Angriff auf einen Polizeibeamten hätte man Rotte zunächst in eine Arrestzelle sperren können. Und dann konnte er seine Frau nicht mehr davon abhalten, sich den Beamten anzuvertrauen.

In diesem Moment presste Lisa Rotte jedenfalls ihre Lippen aufeinander und richtete den Blick zu Boden.

»Ich habe nichts gesagt«, flüsterte sie.

»Und das ist auch gut so!«, rief ihr Ehemann. »Verschwinden Sie und belästigen Sie keine steuerzahlenden Bürger!«

Antje hätte das Ehepaar am liebsten sofort verhaftet. Aber dafür war die Beweislage viel zu dünn.

»Wir sehen uns noch«, sagte die Inselpolizistin zum Abschied und hielt Dirk Rottes drohendem Blick stand.

Kapitel 6

Witte drehte sich vor dem großen Bodenspiegel in seinem Pensionszimmer hin und her. Er hatte nach dem Dienst die Uniform abgelegt, noch einmal geduscht und sich in Zivilkleidung geworfen. Nun trug er außer einer Bluejeans ein schickes gemustertes Hemd in Grün, darüber eine rostfarbene Kapuzenjacke. Der Kommissar konnte seine Aufregung kaum unterdrücken. Objektiv gesehen wollten seine Kollegin und er ja nur in die Juister Kajüte, um Tjark Fedder über seine Begegnung mit Dirk Rotte zu befragen. Und doch kam es Witte so vor, als ob er eine richtige Freizeit-Verabredung mit Antje hätte.

Er schlenderte zur Polizeiwache hinüber, denn im ersten Stock des Gebäudes befand sich die Dienstwohnung seiner Kollegin. Witte läutete an der Tür. Es dauerte nicht lange, bis ihm geöffnet wurde.

»Warum klingelst du denn, Roland? Du hast doch einen Schlüssel.«

Er antwortete nicht sofort, denn der Anblick der Kommissarin hatte ihm die Sprache verschlagen. Witte sah sie jeden Tag, aber immer nur in Uniform. Jetzt hingegen trug sie ein knielanges pastellfarbenes Sommerkleid, dazu eine dünne weiße Strickjacke. Ihr schulterlanges blondes Haar duftete nach Apfelshampoo. Außerdem hatte Antje Schmuck angelegt sowie ein dezentes Make-up aufgetragen, was sie sonst niemals tat. Man hätte glatt denken können, dass sie sich für ihren Kollegen in Schale geworfen hatte.

Plötzlich wurde Witte klar, dass er Antje schon viel zu lange wortlos anstarrte.

»Äh, klar. Ich habe einen Schlüssel, aber nicht für deine Wohnung.«

»Das fehlte noch!«, lachte sie. »Gehen wir?«

Der Inselpolizist nickte, und sie zog die Tür hinter sich zu. Die beiden schlugen den Weg zur Strandpromenade ein. An diesem schönen Septemberabend waren noch viele Touristen und Einheimische unterwegs, zu Fuß und per Fahrrad. Auch eines der für Juist so typischen Pferdefuhrwerke zockelte an ihnen vorbei. Das Geräusch der Pferdehufe war so alltäglich wie anderswo das Motorenbrummen der Autos und Lastwagen.

Witte hätte Antje gern gesagt, wie hübsch sie war. Doch er wollte nicht als Schleimer erscheinen. Also meinte er: »Wenn wir ganz viel Glück haben, bekommen wir schon morgen die Obduktionsergebnisse aus Oldenburg. Ich habe neulich mitbekommen, dass es dort momentan ausnahmsweise keinen langen Bearbeitungsstau gibt.«

»Das wäre ja mal eine schöne Abwechslung«, gab seine Kollegin seufzend zurück. »Wir … oh, die hat mir gerade noch gefehlt!«

Der Kommissar wusste genau, wen Antje meinte. Die beiden waren auf Höhe der Seehund-Apotheke, als ihnen die Bürgermeisterin auf dem Fahrrad entgegenkam. Silke Meester schien sich von dem Schock des Leichenfundes einigermaßen erholt zu haben, obwohl sie gestresst und hektisch wie immer wirkte. Sie brachte ihr Rad direkt vor den Inselpolizisten zum Stehen.

»Haben Sie schon etwas herausgefunden?«, brachte sie kurzatmig hervor.

»Wir wünschen Ihnen auch einen schönen Abend, Frau Meester«, sagte Witte mit milder Ironie. »Frau Fedder und ich stecken noch mitten in den Ermittlungen.«

»Soso«, gab die Bürgermeisterin skeptisch zurück. »Für mich sieht es eher danach aus, dass Sie sich einen angenehmen Abend machen wollen. Wobei ich zugeben muss, dass Sie beide ein schönes Paar sind.«

Antje errötete leicht, was der Kommissar besonders süß fand. Ihre Erwiderung klang trotzdem bestimmt.

»Manchmal ist es nicht ratsam, in Uniform aufzutreten. Man erregt dann zu viel Aufsehen.«

Das schmale Gesicht der Amtsträgerin nahm einen wissenden Ausdruck an.

»Ah, Sie sind sozusagen undercover unterwegs! Gibt es denn schon Verdächtige?«

»Mehr als einen«, erwiderte Witte wahrheitsgemäß.

Und Antje fügte hinzu: »Wir müssen Sie um strengste Diskretion bitten.«

»Das ist selbstverständlich«, versicherte die Bürgermeisterin. »Und Sie sind sicher, dass Sie keine Unterstützung vom Festland benötigen?«

Bevor von Antje eine harsche Antwort kommen konnte, nahm Witte ihr den Wind aus den Segeln: »Wir sind sicher, dass wir mit Unterstützung der Stadtverwaltung den Fall in den Griff bekommen. Es soll doch nicht der Eindruck entstehen, dass wir hier draußen auf der Insel unfähig wären?«

»Nein, natürlich nicht. Nun will ich Sie aber nicht länger von Ihren Pflichten abhalten. – Guten Abend.«

Mit diesen Worten setzte Silke Meester ihre Radfahrt fort. Antje blickte ihr kopfschüttelnd nach.

»Wie stellst du dir die *Unterstützung der Stadtverwaltung* denn vor, Rollo? Willst du die Damen von der Touristinformation zu Hilfssheriffs ernennen?«

Bei Witte schrillten innerlich die Alarmsirenen. Seine Kollegin sprach ihn mit seinem ungeliebten Spitznamen nur an, wenn er ihr auf die Nerven ging. Das Erscheinen der Bürgermeisterin hatte die Harmonie zwischen den beiden gestört. Also setzte er ein gewinnendes Lächeln auf.

»Das habe ich nur gesagt, damit Frau Meester uns nicht ständig Verstärkung von außen aufs Auge drücken will. Ich bin sicher, dass du und ich den Mordfall Flechsner aufklären können.«

»Zumal wir schon nach kurzer Zeit drei Verdächtige haben«, gab Antje zurück. Sie klang nun wieder halbwegs besänftigt.

Wenig später betraten die Inselpolizisten die Juister Kajüte. Jetzt, gegen zwanzig Uhr, brummte das Geschäft. Die Raucher hatten es sich im Außenbereich bequem gemacht und ihre Lehnstühle so gestellt, dass sie den wildromantischen Abendhimmel über dem Nordsee-Horizont betrachten konnten. Wem es draußen zu frisch war oder wer etwas gegen Tabakqualm hatte, saß im Gastraum des kleinen Lokals.

Die Bedienung Mieke flitzte zwischen Theke und Tischen hin und her, Tjark Fedder hielt hinter dem Tresen die Stellung. Als er seine Tochter und Witte bemerkte, winkte er ihnen freudig zu. Der Wirt lotste die beiden an die Schmalseite der Bar. Dort konnten sie Platz nehmen und mit ihm sprechen, ohne dass die anderen Gäste von der Unterredung etwas mitbekamen. Der Kommissar bemerkte, dass Tjark ihn und Antje wohlgefällig betrachtete. Tjark mochte den dunkelhaarigen Polizisten, das war kein Geheimnis. Er konnte sich ihn gut als seinen Schwiegersohn vorstellen und hatte auch bereits einmal versucht, eine Ehe zwischen ihnen zu stiften. Doch Antje hatte unmissverständlich klargemacht, wie sie über Einmischungen in ihr Privatleben dachte.

»Schön, euch mal wieder in trauter Zweisamkeit zu sehen«, sagte Tjark freundlich blinzelnd.

»Papa«, begann Wittes Kollegin warnend, »wir sind nur wegen deines seltsamen Gastes hier.«

»Natürlich, das versteht sich von selbst. – Ihr trinkt doch ein Bier, oder?«

Und bevor einer der beiden Inselpolizisten etwas entgegnen konnte, begann der Alte mit dem Zapfen. Genau genommen waren sie nicht mehr im Dienst, also sprach nichts dagegen. Antje beugte sich vor.

»Erzähl uns bitte genau, wie der Mann aussah, was er gesagt und getan hat.«

Tjarks Beschreibung passte eindeutig auf Dirk Rotte. Der ehemalige Seemann hatte sich sogar gemerkt, wie die Tätowierungen des Kerls aussahen. Wenn alle Zeugen so gute Beobachter wären wie Antjes Vater, dann hätten es die Kriminellen viel schwerer. Das war jedenfalls Wittes Meinung. Und der Kommissar fand es sehr aufschlussreich, worüber Rotte mit Tjark gesprochen hatte.

»Rotte war also sauer, weil er Juist momentan nicht verlassen kann«, stellte Witte fest. »Und seine Frage nach der Polizei ist entlarvend, finde ich.«

Der Wirt nickte und grinste breit.

»Ich habe so getan, als ob ihr beide nicht die hellsten Kerzen auf der Torte wärt. Es ist immer gut, wenn man vom Gegner unterschätzt wird. Und natürlich habe ich nicht erwähnt, dass du meine Tochter bist.«

»Da hast du wirklich geistesgegenwärtig reagiert, Papa«, lobte Antje. »Rotte wollte mehr über uns erfahren, weil er etwas zu verbergen hat. Ist jemand anderer Ansicht?«

Tjark und Witte schüttelten wie auf Kommando gleichzeitig die Köpfe. Dann sagte Antjes Vater: »Ich weiß, dass ihr mit mir nicht über einen aktuellen Fall sprechen dürft. Aber ich frage mich, weshalb der Glatzkopf so stark betont hat, dass er niemanden getötet hätte. Dabei hatte ich ihm das gar nicht unterstellt. Für mich klang es so, als ob er sein eigenes Gewissen beruhigen wollte.«

»Wir haben es vermutlich mit einem Täter oder einer Täterin sowie zwei Komplizen zu tun«, stellte Antje klar.

»Um ein Motiv für den Mord zu finden, müssen wir noch tiefer graben.«

»Rotte ist laut POLAS-Abfrage nicht vorbestraft. Das heißt aber nicht, dass er niemals verdächtigt wurde. Ich werde bei den Kollegen in Hamburg anrufen und mich nach ihm erkundigen.«

Witte hatte den Satz kaum beendet, als der Wirt ihm schon ein frisches Pils hinstellte.

»Nun lasst mal die Arbeit ruhen, Kinder. Morgen ist auch noch ein Tag. Ich freue mich, dass ihr heute zusammen bei mir seid.«

Antjes Lippen kräuselten sich.

»Es ist ja nicht so, dass wir uns selten sehen würden, Papa. Das ist auf unserer Insel schwer möglich.«

Tjark lachte.

»Ja, ich weiß. – Habe ich euch eigentlich schon mal von dem Teufelskakadu auf Papua-Neuguinea erzählt? Dieses Federvieh wurde dort von einer Sekte angebetet, und als ich an Bord der *Prinzessin Elisabeth* dort eintraf, ist mir etwas ganz Unglaubliches passiert.«

Der Alte begann mit der Erzählung einer seiner lustigen und spannenden Seemannsgeschichten, und er brachte damit seine eher ernsthafte Tochter zum Lachen. Obwohl Witte hinhörte, hatte er nur noch Augen für Antje. Er mochte es, wenn sie so locker und entspannt war. Seine Kollegin nahm ihren Dienst sehr ernst, daher wechselten sie während des Tages kaum ein privates Wort. Witte lernte Antje nun von einer Seite kennen, die ihm sehr gut gefiel. Doch nach einigen weiteren Bieren schaute sie auf die Uhr.

»Ich muss mich verabschieden, Papa. Morgen werden wir wieder pünktlich die Wache öffnen. Was bekommst du?«

»Die Getränke gehen aufs Haus. Ihr seid mir stets willkommen.«

Antje und Witte bedankten sich.

»Ich bringe dich nach Hause«, bot der Kommissar an.

»Glaubst du, dass mich jemand entführt?« Sie kicherte, war nicht mehr ganz nüchtern. »Ich bin doch die Polizei. Aber meinetwegen kannst du mich begleiten, wir haben ja sowieso ein Stück Weg gemeinsam.«

Es war kühl geworden, eine frische Brise pfiff um die Juister Kajüte. Antje ging so nahe neben Witte, dass er die Wärme ihres Körpers spüren konnte. Oder lag es am Alkohol, der ihm zu Kopf gestiegen war? Nein, das stimmte nicht. Ihre Nähe ließ sein Herz schneller schlagen, auch wenn er stocknüchtern war.

»Dieses Trio kommt sich so oberschlau vor«, sagte Antje mit schwerer Zunge. »Aber es gibt kein perfektes Verbrechen. Wenn Ummo nicht unerwartet erschienen wäre und den Ehering gefunden hätte … es ist sinnlos, sich darüber den Kopf zu zerbrechen. Er *hat* das Beweisstück gefunden, und deshalb werden diese sauberen Herrschaften für ihre Tat bezahlen.«

»Morgen wird es ernst für unsere Verdächtigen«, erwiderte Witte. Im Handumdrehen hatten sie die Polizeiwache erreicht. Antje blieb vor dem Backsteinhaus stehen und schaute den Kommissar abwartend an.

»Das war ein schöner Abend, so etwas sollten wir öfter machen, Roland. Also, dann …«

Jetzt oder nie, dachte er und zog Antje in seine Arme. Sie zuckte zusammen. Witte befürchtete, dass sie sich losreißen würde und er ihre Signale falsch gedeutet hatte. Doch dann schmiegte sie sich enger an ihn.

Der Kuss war so schön, wie er es gehofft hatte.

Kapitel 7

Antje war in einer seltsamen Stimmung, als sie am nächsten Morgen pünktlich um acht Uhr die Polizeiwache aufschloss. Schon seit einiger Zeit herrschte zwischen ihr und Roland eine knisternde Atmosphäre, elektrisch aufgeladen wie die Luft vor dem Ausbruch eines Gewitters.

Sollte man den Kuss am gestrigen Abend als eine Art Wolkenbruch ansehen?

Die Inselpolizistin wusste nicht, was sie von der Situation halten sollte. Waren sie und Roland jetzt ein Liebespaar oder nicht? Es wäre schlimm, wenn ihre erstklassige berufliche Zusammenarbeit unter den romantischen Gefühlen leiden würde. Das durfte auf keinen Fall geschehen.

Roland betrat pünktlich zum Dienstbeginn das Wachlokal. Er schien sich nicht besonders wohl in seiner Haut zu fühlen. Ob er es schon bereute, Antje geküsst zu haben? Doch bevor zwischen den beiden auch nur ein Wort gewechselt werden konnte, klingelte das Festnetztelefon auf dem Schreibtisch der Inselpolizistin. Noch niemals zuvor war sie so dankbar für eine fernmündliche Störung gewesen.

»Moin, hier ist die Polizei Juist. Mein Name ist Kommissarin Fedder. Was können wir für Sie tun?«

Der Anruf kam aus dem gerichtsmedizinischen Institut Oldenburg. Antje machte sich fleißig Notizen, während der Pathologe ihr die Ergebnisse der Leichenöffnung mitteilte. Währenddessen blieb Roland zwischen Eingangstür und seinem Schreibtisch stehen wie bestellt und nicht abgeholt. Schließlich bedankte die Inselpolizistin sich bei ihrem Gesprächspartner und legte den Telefonhörer auf.

»Du wirst nicht glauben, auf welche Art Flechsner ums Leben gekommen ist«, begann sie mit gespielter Munterkeit. »Die Todesart ist so exotisch, als ob sie aus dem Seemannsgarn meines Vaters stammen würde.«

»Wie meinst du das?«

»Flechsner wurde erschossen, die Kugel ist direkt ins Herz eingedrungen.«

»Tut mir leid, aber diese Mordmethode finde ich nicht besonders außergewöhnlich.«

»Warte es ab, Roland. Das Geschoss steckte noch im Körper. Es handelt sich um eine gegossene Bleikugel. Der Gerichtsmediziner vermutet, dass sie mit einer altmodischen Steinschlosspistole abgefeuert wurde.«

Der Kommissar stieß langsam die Luft aus den Lungen.

»Das haut wirklich den stärksten Eskimo vom Schlitten! Du meinst so einen alten Vorderlader, wo ein Hahn mit Feuerstein auf die Pfanne mit dem Zündkraut schlägt und daraufhin die Kugel aus dem Lauf gejagt wird?«

»Richtig, Roland.«

»Man hat uns während der Polizeiausbildung mal so einen Schießprügel gezeigt, ansonsten gibt es die doch nur noch im Museum«, meinte der Inselpolizist.

Antje schnippte mit den Fingern.

»Oder vielleicht als Requisit für ein Detektiv-Rollenspiel? Erinnere dich an das Hamburg-Lupe-Foto, auf dem unsere Verdächtigen und das Mordopfer sich mit Kostümen im Stil des neunzehnten Jahrhunderts verkleidet haben. Wenn du mich fragst, dann sollten wir jetzt dringend eine Hausdurchsuchung vornehmen. Es besteht die Chance, dass die Mordwaffe noch dort ist.«

»Anstelle des Täters hätte ich die Pistole verschwinden lassen, aber wir müssen uns wirklich vergewissern«, meinte Roland. »Steht jetzt eigentlich auch ein Todeszeitpunkt fest?«

»Flechsner wurde zwischen zweiundzwanzig und vierundzwanzig Uhr erschossen, und zwar in der Nacht vor seinem angeblichen Morgenspaziergang zum Strand.«

»Nun lässt sich eindeutig beweisen, dass unser Trio gelogen hat. Sie werden uns einiges erklären müssen, wenn wir dort eintreffen.«

»Darauf bin ich mächtig gespannt«, erwiderte Antje. Sie nahm ihre Mütze und wollte an ihm vorbei zur Tür. Ihr Kollege berührte sie am Arm, sie blieb abrupt stehen und schaute ihm ins Gesicht.

»Was ist los? Willst du mich schon wieder abknutschen?«

Der Kommissar zögerte.

»Du wirst ja rot, wie süß!«, sagte sie und kniff ihm in die Wange. »Außerdem siehst du aus wie ein begossener Pudel. Ich finde, wir sollten uns jetzt ganz auf den Fall konzentrieren. Unser Privatleben muss warten, bis wir den Mörder oder die Mörderin überführt haben.«

»Dann bist du also nicht sauer auf mich, Antje?«

Sie lachte.

»Nein, denn in dem Fall hätte ich dir nicht in die Wange gekniffen, sondern in den Hintern getreten. – Vorwärts, bevor unsere Verdächtigen noch mehr Unheil anrichten.«

Roland folgte ihr, ohne noch etwas zu erwidern. Antje war froh über den Aufschub. Sie mochte ihren Kollegen sehr, immerhin hatte sie seinen Kuss erwidert. Doch was wäre gewesen, wenn sie keinen Schwips gehabt hätte? Es war sinnlos, diese Frage zu stellen, denn es hatte den Kuss gegeben. Antje und Roland würden nie wieder so unbefangen miteinander umgehen können wie vor dem vergangenen Abend. Zumindest befürchtete sie, dass es so werden könnte.

Als die Inselpolizisten diesmal an der Tür des Ferienhauses läuteten, öffnete Rotte.

»Geben Sie denn niemals Ruhe?«, knurrte er unfreundlich.

»Nicht, solange wir einen Mord aufzuklären haben«, sagte Antje ruhig. »Heute werden wir dieses Haus durchsuchen.«

Rotte zuckte zusammen, als ob er einen Schlag bekommen hätte.

»Dürfen Sie das überhaupt? Haben Sie einen Durchsuchungsbefehl?«

»Bei Gefahr im Verzug brauchen wir den nicht«, erklärte Antje und schob sich an dem bulligen Kerl vorbei ins Haus. Wieder saßen Claudia Flechsner und Lisa Rotte in der Küche. Alles sah fast so aus wie am Vortag, allerdings hatte die Frau des Toten diesmal eine bläuliche Verfärbung um das linke Auge.

»Wer hat Ihnen denn ein Veilchen geschlagen?«, fragte Witte.

»Ich bin hingefallen und gegen eine Tischkante geknallt«, lautete die Antwort. »Und überhaupt: Ich rede nicht mit Ihnen, daran hat sich nichts geändert.«

»Ruf doch diesen Rechtsverdreher an, dessen Karte dir die Bullen gegeben haben«, gab Rotte im Befehlston von sich. »Ich glaube nämlich nicht, dass sie hier so einfach das Unterste zuoberst kehren dürfen.«

»Nehmen Sie ruhig mit Dr. Brochtersen Kontakt auf«, sagte Antje. Dann wandte sie sich an Roland: »Behältst du bitte die Herrschaften im Auge, während ich die Durchsuchung beginne?«

»Wird gemacht.«

Der Inselpolizist hakte seine Daumen ins Koppel und stellte sich direkt vor die Tür, sodass niemand die Küche verlassen konnte. Antje streifte sich Latexhandschuhe über und ging die Treppe hoch ins erste Stockwerk. Sie konnte förmlich spüren, wie die Blicke des Trios ihr durch die offen stehende Küchentür folgten. Es gab zwei Schlafzimmer. In dem ersten öffnete die Kommissarin den Schrank und schaute sich die Textilien genauer an. Sie hatte ein gutes Augenmaß und konnte diverse Kleidungsstücke von der Konfektionsgröße her sofort dem Ehepaar Rotte zuordnen. Lisa brachte etliche Kilo mehr als Claudia auf die Waage. Die Oberteile wären der Frau des Ermordeten viel zu groß gewesen. Und eine Männerjacke, die Antje fand, passte eindeutig zu den breiten Schultern des Glatzkopfs.

Neben legeren Textilien aus der Gegenwart entdeckte die Inselpolizistin auch einen Reifrock sowie ein Korsett und eine altmodische Bluse. In Rottes Schrankhälfte hing ein schwarzer Gehrock mit Messingknöpfen, außerdem standen Schnallenschuhe in Größe sechsundvierzig neben dem Bett. Antje entdeckte auch einen Degen, der allerdings keine echte Stichwaffe, sondern eine Attrappe war.

Antje schaute in die Nachtschränke sowie in die Schubladen des kleinen Schreibtischs, der in einer Ecke beim Fenster stand. Sie kannte außerdem alle gängigen Verstecke, die sich in einem Ferienhaus anboten. Doch in diesem Zimmer wurde sie zumindest nicht fündig.

So schnell ließ die Inselpolizistin sich nicht entmutigen. Sie hatte schließlich gerade erst angefangen. In dem anderen Schlafraum bot sich ein ähnliches Bild. Es gab wieder eine Kombination aus aktuellen Textilien und nostalgischen Kostümen. Außerdem entdeckte Antje drei weite schwarze Umhänge mit Kapuzen, die Ummo als Vampirkleidung betrachtet hatte. Zunächst deutete hier nichts auf verdächtige Gegenstände hin. Doch dann bemerkte die Inselpolizistin, dass eine Holztruhe nicht ganz an die Wand gerückt war. Kratzer auf den Dielen ließen darauf schließen, dass jemand das Möbelstück ein wenig verschoben hatte. Antje tastete hinter die Truhe und fand einen länglichen Gegenstand, den sie hervorzog. Es war eine Schatulle aus Holz mit Metallbeschlägen. Sie ließ sich nicht abschließen. Als die Kommissarin den Behälter öffnete, pfiff sie durch die Zähne.

In dem Kistchen lag auf Samt gebettet eine Duellpistole!

Die Kommissarin nahm die Waffe in die Hand und roch an der Mündung. Aus dieser Pistole war vor Kurzem noch gefeuert worden. Es sprach alles dafür, dass sie die Mordwaffe gefunden hatte.

Natürlich war die Durchsuchung des Hauses noch nicht abgeschlossen. Trotzdem wollte Antje die Verdächtigen sofort mit ihrem Fund konfrontieren. Womöglich konnte sie dadurch ein spontanes Geständnis auslösen, so etwas kam gelegentlich vor. Auf der Treppe dachte Antje sich, dass dieses Versteck miserabel gewählt war. Jeder Polizeischüler im ersten Ausbildungsjahr hätte die Waffe finden müssen. Andererseits waren die wenigsten Verbrecher so raffiniert, wie es in vielen Kriminalromanen dargestellt wurde.

Die Inselpolizistin marschierte geradewegs in die Küche und legte die geöffnete Schatulle auf den Tisch.

»Können Sie mir erklären, wie diese Waffe in Ihr Schlafzimmer kommt?«

Antje richtete die Frage an Claudia Flechsner. Die gab ein Geräusch von sich, das wie ein unterdrückter Schluchzer klang. Dann schlug sie die flachen Hände vor ihr Gesicht.

Kapitel 8

Dirk Rotte kam der Ehefrau seines ermordeten Freundes zu Hilfe.

»Merken Sie gar nicht, wie Sie Claudia durcheinanderbringen?«, blaffte er und legte eine Hand auf die Schulter der Frau. Diese Geste wirkte nach Wittes Meinung eher besitzergreifend als tröstend. Ob der Glatzkopf ein Auge auf die Witwe geworfen hatte? Ob Lisa Rotte deshalb gegen ihre Rivalin handgreiflich geworden war?

Der Kommissar stellte diese Fragen zurück, denn am wichtigsten war seiner Meinung nach die aufgefundene Tatwaffe. Gewiss, noch ließ sich nicht beweisen, dass aus dieser Vorderladerpistole auf den Ehemann der Verdächtigen gefeuert worden war. Doch die Vermutung lag nahe, und bei einer kriminaltechnischen Untersuchung würde sich die Bleikugel eindeutig dieser Waffe zuordnen lassen.

Oder eben auch nicht, falls es nicht die passende Pistole war.

»Sie sollten sich den Ernst Ihrer Lage bewusst machen«, sagte Antje ruhig und eindringlich zu Rotte. »Frau Flechsner steht im dringenden Verdacht, ihren Gatten getötet zu haben. Und Sie sowie Ihre Frau haben sich wahrscheinlich der Beihilfe schuldig gemacht, indem Sie den Leichnam gemeinsam fortschafften.«

»Das müssen Sie uns erst einmal beweisen!«, gab Rotte zurück. Er ließ Claudia Flechsner wieder los und verschränkte die Arme vor der Brust. Eine klassische Abwehrhaltung.

Hunde, die bellen, beißen nicht. An diese alte Binsenweisheit musste Witte denken, als er in diesem Moment den Kerl mit dem rasierten Schädel betrachtete. Und der Inselpolizist erinnerte sich erneut daran, was Dirk Rotte laut Tjark in der Kneipe gesagt hatte: Er selbst hätte niemanden getötet.

Witte war hundertprozentig sicher, dass das Ehepaar Rotte die ganze Wahrheit kannte. Jetzt musste man das nur noch beweisen. Antje wandte sich nun an die Verdächtige:

»Frau Flechsner, ich muss Sie bitten, uns zur Polizeistation zu begleiten. Sie sind Beschuldigte einer Straftat und müssen sich zur Sache nicht äußern. Die Pistole und die Schatulle beschlagnahme ich, um sie kriminaltechnisch untersuchen zu lassen.«

Wittes Kollegin wurde durch das Geräusch der Türklingel unterbrochen. Der Kommissar ging zur Haustür und öffnete. Dr. Brochtersen stand vor ihm. Der einzige auf Juist praktizierende Rechtsanwalt und Notar hatte meistens mit Beglaubigungen von Grundstücksverkäufen oder Testamentsvollstreckungen zu tun. Seine Erfahrung mit Strafverteidigung hielt sich wahrscheinlich in Grenzen. Dr. Brochtersen war ein unscheinbarer Mann in einer grauen Freizeithose, Windjacke und orangefarbenem Hemd sowie altmodischen Gesundheitsschuhen. Nur seine abgeschabte Aktentasche verriet, dass er in beruflicher Mission unterwegs war. Ansonsten hätte man ihn für einen Büromenschen auf Kur halten können.

»Moin, Herr Witte. Eine Frau Flechsner hat mich angerufen und darum gebeten, dass ich umgehend hier erscheine.«

Der Kommissar machte eine einladende Geste, und der Anwalt ging Richtung Küche durch. Claudia Flechsner blickte ihn aus geröteten feuchten Augen an. Nachdem er sich vorgestellt hatte, sagte sie: »Gott sei Dank, dass Sie so schnell kommen konnten. Ich bin Ihre Mandantin.«

Dr. Brochtersen wandte sich an die Inselpolizisten:

»Ich möchte mit Frau Flechsner unter vier Augen sprechen.«

»Vielleicht drüben im Wohnzimmer?«, schlug Antje vor. Damit waren sowohl der Anwalt als auch die Verdächtige einverstanden. Nachdem sie hinübergegangen waren und die Tür hinter sich geschlossen hatten, schaute Witte erst Rotte und dann dessen Ehefrau an.

»Sie müssen natürlich nicht ohne Rechtsbeistand mit uns reden. Aber wir wissen inzwischen, dass Lukas Flechsner vorgestern Abend zwischen zweiundzwanzig Uhr und Mitternacht getötet wurde. Wenn Sie Angaben zu diesem Verbrechen machen können …«

Frau Rotte fiel ihm ins Wort.

»Also gut, ich werde reden.«

»Lisa!«, knurrte ihr Ehemann drohend. Sie schüttelte heftig den Kopf.

»Nein, du verbietest mir nicht den Mund. Ich habe die Nase voll von der Geheimniskrämerei – und von dir!«

Rotte plusterte sich auf wie ein Gockel. Der Kommissar hätte darauf wetten können, dass seine Frau normalerweise nicht so mit ihm sprach. Insofern hätte er sie wahrscheinlich zumindest verbal heruntergeputzt, wenn die Polizisten nicht dabei gewesen wären.

»Mach doch, was du willst!«, fauchte er, stürmte aus der Küche und knallte die Tür hinter sich zu.

»Der ist jetzt stinksauer«, meinte Lisa trocken. »Das ist mir egal, ich will mein Gewissen erleichtern. Ich kriege kaum noch ein Auge zu, seit … diese Sache mit Lukas passiert ist.«

Die Kommissare nahmen am Küchentisch Platz.

»Ich mache Sie darauf aufmerksam, dass Sie weder sich selbst noch Ihren Ehemann mit Ihrer Aussage belasten müssen.«

»Schon gut, wir haben niemanden umgebracht«, gab Lisa Rotte zurück. Sinngemäß sagte sie dasselbe, was auch schon ihr Mann in der Juister Kajüte geäußert hatte. Ob die beiden wirklich so unschuldig waren, wie sie sich selbst darstellten? Bevor Witte über diese Frage intensiver nachdenken konnte, begann Lisa Rotte mit ihrem Bericht:

»Dirk und Lukas haben die Hamburg Lupe vor ungefähr einem Jahr gegründet. Die beiden sowie Claudia und ich sind sozusagen der harte Kern, es gibt noch ein paar weitere Mitspieler, die aber alle nicht so aktiv sind.«

»Beschreiben Sie, was genau Sie in dieser Gruppe eigentlich tun«, bat Antje.

»Die Hamburg Lupe befasst sich mit der Lösung von Krimirätseln. Sie kennen doch bestimmt die Filme und Romane mit Sherlock Holmes oder Hercule Poirot, nicht wahr? Wir versetzen uns in diese Zeit zurück, indem wir Kostüme tragen und in Rollen schlüpfen. Für das aktuelle Spiel sind wir extra nach Juist gefahren, Lukas hatte hier ein Ferienhaus gemietet. Er selbst trat als Lord John auf, mein Mann spielte den Henker Gibbs, Claudia verkleidete sich als Lady Priscilla und ich war die Hure Fanny.«

»Und wie läuft so ein Spiel ab?«, fragte Witte.

»Eine Person in der Gruppe ist der Mörder, eine andere wird ermordet. Das ist natürlich nur ein Spiel. Sie müssen sich das vorstellen wie eine Schnitzeljagd. Es gibt verschiedene Hinweise, um zu erraten, wer der Mörder ist. Und das Mordopfer weiß am Anfang auch noch nicht, was ihm blüht.«

»Wie erfährt man, dass man getötet werden soll?«, wollte Wittes Kollegin wissen.

»Bei diesem Spiel steckte der Name des Opfers in einer Flasche, die wir am Strand versteckt hatten. Also sozusagen eine Flaschenpost. Ich habe sie gefunden und den Zettel wieder zurückgesteckt. Ob die anderen die Nachricht ebenfalls alle gesehen haben, weiß ich nicht.«

»Wer bestimmt denn die Rollen von Mörder und Opfer?«

»Diesmal hat Lukas es selbst getan, Herr Witte. Ich kenne seine Handschrift. Er hat auf den Fetzen Papier geschrieben, dass Lord John sterben muss. Also er selbst.«

Tötung auf Verlangen? Dieser Einfall erschien dem Inselpolizisten einfach zu absurd. Er führte sich vor Augen, dass es sich nur um ein Detektivspiel handelte. Doch diesmal war aus dem Ratekrimi Ernst geworden.

»Und wie kam es dazu, dass Lukas Flechsner sterben musste?«

»Ich war nicht dabei, als der Schuss fiel«, versicherte Lisa Rotte. »Ich versteckte mich zwischen den Dünen, weil ich in dem Spiel eine lästige Zeugin war, die der Mörder oder die Mörderin unbedingt beseitigen wollte.«

»Also wussten Sie noch nicht, ob Ihr Mann oder Claudia Flechsner die Tat begehen würde?«, vergewisserte Antje sich.

»Nein, darin besteht ja gerade der Reiz. Verstehen Sie? Ich habe selbst mitgerätselt, bis dann der Schuss fiel. Ich konnte ihn kaum hören, weil es so stark gestürmt hat. Doch gleich darauf schrie Claudia ganz fürchterlich. Da habe ich gespürt, dass etwas ganz Schreckliches passiert sein musste. Ich raffte meine Röcke und rannte zum Ferienhaus zurück.«

»Wie lange dauerte es, bis Sie dort eintrafen?«, fragte Witte.

»Ich hatte keine Uhr dabei, aber länger als ein paar Minuten kann es nicht gedauert haben. Es war stockfinster, da kann man schon mal das Gefühl für Raum und Zeit verlieren. Ich war ja froh, dass ich überhaupt so schnell zum Haus zurückgefunden habe, ich bin nämlich zuvor noch niemals auf Juist gewesen. Im Ferienhaus brannte Licht. Lukas lag auf der Terrasse hinter dem Gebäude. Claudia kauerte neben ihm und hielt die Pistole in der

Hand. Sie sagte immer wieder: ›Das wollte ich nicht, das wollte ich nicht.‹«

»Und wo befand sich Ihr Ehemann?«

»Dirk kam kurz nach mir dazu, Frau Fedder. Er schlug die Hände über dem Kopf zusammen und sagte: ›Das hätte niemals passieren dürfen.‹ Claudia wollte schon einen Arzt rufen, aber Dirk hinderte sie daran. Er ist bei der Bundeswehr Sanitäter gewesen und stellte fest, dass Lukas mausetot war. Mein Mann sagte, dass ihm niemand mehr helfen könnte.«

»Wer hatte die Idee, den Toten auszuziehen und ihm den Ring abzunehmen?«, hakte Witte nach. Lisa Rotte antwortete nicht.

»War es Ihr Mann?«

Sie hielt weiterhin den Mund. Warum hatte Dirk Rotte den Tod seines Freundes unbedingt vertuschen wollen? Diese Frage konnten die Ermittler ihm später auch persönlich stellen. Witte sagte:

»Also gut, lassen wir das für den Moment. Was wollten Sie mit der Leiche anstellen?«

»Es war vorgesehen, Lukas ins Meer zu werfen. Vom Ferienhaus ist es ja nicht so weit bis zu diesem Weg, der zwischen den Dünen hindurch zum Strand führt. Wir legten die Umhänge an, die wir für ein weiteres Krimirätsel bei uns hatten. Dann luden wir uns den Toten auf die Schultern. Das war keine angenehme Aufgabe, glauben Sie mir. Außerdem hatte ich Angst, dass uns jemand sehen würde. Andererseits ist die Umgebung des Ferienhauses sehr ruhig, besonders nachts. Wir waren schon zwischen den Dünen eingebogen, als uns jemand anrief. Mir blieb fast das Herz stehen. Wir ließen den Leichnam fallen und rannten davon. Am Strand wollten wir uns vergewissern, dass wir nicht verfolgt wurden. Eine halbe Stunde später schlugen wir einen weiten Bogen und kehrten zum

Ferienhaus zurück. Dort warteten wir darauf, dass früher oder später die Polizei bei uns aufkreuzen würde. Und so ist es dann ja auch gekommen.«

»Hat Claudia Flechsner sich zur Tat geäußert?«, fragte Antje. Die Zeugin zuckte mit den Schultern.

»Ich weiß nicht, wie Sie das meinen. Sie hat gejammert und beteuert, dass sie es nicht gewollt hätte. Anfangs tat sie mir leid, aber nach einiger Zeit ging sie mir gewaltig auf den Wecker.«

»Haben Sie deshalb Gewalt angewendet?«

Mit diesen Worten deutete Witte direkt auf die aufgeplatzten Knöchel des rechten Zeige- und Mittelfingers der Frau. Sie starrte ihre Hand an, als ob sie diese zum ersten Mal im Leben sehen würde. Dann ließ Lisa Rotte ihre Finger schnell unter dem Tisch verschwinden.

»Nein, das war nicht der einzige Grund. Lisa hat sich schon seit einiger Zeit an meinen Dirk herangemacht. Das kann man ja verstehen, er ist gut gebaut und trainiert viel. Aber mein Mann gehört mir. Und als Lisa sich auf die Mitleidstour an Dirk herangewanzt hat, da habe ich ihr eine Abreibung verpasst.«

»Was für ein Motiv könnte Ihre Freundin denn für den Mord haben?«

»Claudia ist nicht meine Freundin, Frau Fedder! Das habe ich doch schon mal gesagt. Ich versuche, mit dieser eingebildeten Ziege so wenig wie möglich zusammenzukommen. Sie hält sich für etwas Besseres, ist total berauscht von ihrem eigenen Aussehen und dem Geld ihres Mannes.«

»Was machte Lukas Flechsner eigentlich beruflich?«, fragte Witte.

»Er war Architekt und Bau-Sachverständiger. Da muss wohl einiges in die Kasse kommen. Claudia hat jedenfalls immer gerne geprotzt.«

»Woher stammt die Pistole?«, wollte Antje wissen.

»Die Knarre ist angeblich ein Erbstück aus Claudias Familie. Wir haben ihr noch am Mordabend gesagt, dass sie das Ding loswerden soll. Angeblich hat sie die Waffe in die Nordsee geworfen, aber dann wäre Ihre Kollegin wohl mit leeren Händen von der Hausdurchsuchung zurückgekommen. Daran können Sie schon sehen, dass man Claudia nicht trauen kann.«

Die Inselpolizisten erwiderten nichts, denn in diesem Moment klopfte es an der Küchentür. Der Anwalt trat ein.

»Ich habe meiner Mandantin geraten, sich von Ihnen befragen zu lassen«, sagte Dr. Brochtersen. »Ich bin überzeugt davon, dass Frau Flechsner unschuldig ist und den Mord nicht begangen hat.«

Kapitel 9

Antje dachte einen Moment lang, dass der Jurist sie auf den Arm nehmen wollte. Aber Dr. Brochtersen war ein ernsthafter Mensch, der mit beruflichen Dingen ganz gewiss keine Scherze machte. Oder gehörte es zu seinem Selbstverständnis, dass er seinen Schützlingen grundsätzlich keine Straftaten zutraute?

Die Inselpolizistin wusste es nicht. Für sie zählte nur, dass Frau Flechsner nun ihre Version der Geschichte erzählen würde. Ob sie bei der Wahrheit blieb, stand allerdings auf einem ganz anderen Blatt.

»Danke, Frau Rotte«, sagte Antje. »Sie können jetzt gehen.«

Lisa Rotte verließ die Küche mit unverhohlener Erleichterung. Als sie an Claudia Flechsner vorbeikam, würdigten die beiden Frauen sich gegenseitig keines Blickes. Die Mordverdächtige und ihr Verteidiger nahmen am Küchentisch Platz, Witte belehrte Frau Flechsner über ihre Rechte. Sie war bleich, wirkte aber gefasst. Jedenfalls weinte sie nicht. Und als sie den Mund öffnete, klang ihre Stimme fest.

»Am besten fragen Sie mich, was Sie wissen wollen. Ich bin noch niemals zuvor von der Polizei verhört worden.«

»Wir möchten erfahren, was in der Mordnacht geschehen ist«, sagte Antje. »Am besten beginnen Sie damit, wie Ihr Detektivspiel begann.«

Claudia Flechsner nickte.

»Ich weiß nicht, wie viel Lisa Ihnen schon über unsere Gruppe erzählt hat. Es ist immer so, dass am Beginn einer Partie keiner von uns weiß, wer der Mörder und wer das Opfer ist.«

»Außer demjenigen, der sich das jeweilige Spiel ausgedacht hat, oder?«, vergewisserte Roland sich. Die Verdächtige nickte.

»Ja, natürlich. Das war in diesem Fall Lukas, mein Mann. Es gab verschiedene Hinweise, zum Beispiel fand ich dort drüben in der Besteckschublade ein Zahlenrätsel, das mich zu einem bestimmten Punkt am Strand führte. Dort steckte eine Flasche im Sand. Darin enthalten war die Botschaft, dass Lukas das Opfer sein sollte.«

Frau Flechsner unterbrach sich selbst. Ihre Augen schimmerten feucht. Dr. Brochtersen nahm ihre Hand. In diesem Moment kam er Antje eher wie ein Priester oder ein Therapeut vor und weniger wie ein Rechtsbeistand. Seine Anwesenheit schien Claudia Flechsner jedenfalls gutzutun.

»Sagen Sie bitte, falls Sie eine Pause benötigen«, bat der Anwalt.

»Danke, es geht schon. Ich will das hier so schnell wie möglich hinter mich bringen.«

»Wer sollte in dem Spiel der Mörder sein?«, fragte Antje.

»Ich.«

Die Antwort kam ohne Zögern.

»Und woher wussten Sie, dass Ihnen diese Rolle zukam, Frau Flechsner?«

»Das war einfach. Lukas hatte die Pistole in unserem gemeinsamen Schlafzimmer deponiert. Und da er das Opfer darstellen sollte, würde ich die Mörderin sein.«

Der Verteidiger schaltete sich ein.

»Ihnen ist hoffentlich bewusst, dass meine Mandantin hier nur über ein Rollenspiel redet, Frau Fedder.«

»Das habe ich verstanden«, sagte Antje mit einem Anflug von Ungeduld. »Wer hat die Pistole beschafft, Frau Flechsner?«

»Ich würde nicht von Beschaffung sprechen. Die Waffe befindet sich seit mehreren hundert Jahren in meinem Familienbesitz. Darum habe ich es auch nicht über das Herz gebracht, sie wegzuwerfen, nachdem … dieses Unglück geschehen ist.«

Ihre Stimme klang belegt, sie senkte den Kopf. Die Inselpolizisten gönnten Claudia Flechsner eine Pause. Sie fuhr fort: »Für dieses Spiel war eben eine Pistole als Mordwaffe vorgesehen. Bei der letzten Partie war ich das Opfer, und ich wurde vergiftet. Aber in der Phiole befand sich nur Johannisbeersaft, verstehen Sie? Wir inszenieren unsere Kriminalfälle immer möglichst wirklichkeitsgetreu, aber wir bringen doch niemanden ernsthaft in Gefahr. Daher hatte ich auch keine Hemmungen, auf meinen Mann zu schießen. Woher hätte ich denn wissen können, dass die Pistole geladen war?«

Nun wurde Claudia Flechsner von ihren Gefühlen überwältigt und begann zu weinen.

»Meine Mandantin ging davon aus, dass es nur einen Knall geben würde«, erklärte Dr. Brochtersen. »Sie hat mir glaubhaft versichert, dass sie die Pistole nicht geladen hat.«

»Aber jemand muss es getan haben«, stellte Roland trocken fest.

»Richtig, Herr Witte. Und diese Person ist der Mörder oder die Mörderin.«

Was soll denn knallen, wenn kein Pulver im Lauf ist?, fragte Antje sich. Vielleicht hatte Claudia Flechsner wirklich keine Ahnung davon, wie eine Steinschlosspistole funktionierte. Oder – sie war eine ganz besonders raffinierte Mörderin.

Die Inselpolizistin hakte nach: »Wer hatte denn Zugang zu der Tatwaffe?«

Frau Flechsner putzte sich geräuschvoll die Nase, bevor sie die Frage beantwortete.

»Es war kein Geheimnis, dass ich die Pistole zu unserem Juist-Urlaub mitgenommen habe. Lisa und Dirk wussten davon. Und natürlich mein Mann.«

»Hätte denn auch ein Außenstehender die Waffe heimlich laden können?«

»Das weiß ich nicht, Frau Fedder. Ja, womöglich schon. Ich kann nicht dafür garantieren, dass wir während unseres Aufenthalts alle Türen und Fenster stets verschlossen gehalten haben.«

Antje hatte schon gesehen, dass man im Erdgeschoss sowohl durch die Haustür als auch durch die gläserne Terrassentür hereinkommen konnte.

»Wenn Sie die Pistole nicht geladen haben, muss es jemand anders gewesen sein, Frau Flechsner. Wem würden Sie so eine Tat zutrauen?«

»Das kann doch nur ein Verrückter gewesen sein«, lautete die Antwort. »Woher hätte der Täter denn wissen können, dass ich die Pistole auf meinen Mann richten würde? Dass Lukas die Opferrolle einnehmen sollte, war doch nur den Mitspielern bekannt. Für Lisa und Dirk lege ich meine Hand ins Feuer. Dirk war der beste Freund meines Mannes, und Lisa könnte keiner Fliege etwas zuleide tun.«

»Ihr blaues Auge spricht gegen diese Behauptung«, sagte Roland und deutete auf Claudia Flechsners Veilchen.

»Bei uns allen liegen momentan die Nerven blank, Herr Witte. Aber ein Faustschlag ist doch etwas anderes als ein kaltblütiger Mord.«

»Wollen Sie eigentlich Anzeige wegen Körperverletzung erstatten?«, fragte Antje.

»Nein. Ich bin sicher, dass Lisa diesen Ausrutscher bereits bereut.«

»Hat Lisa Rotte Sie nur mit der Faust geschlagen oder wurde ein Gegenstand benutzt?«, vergewisserte die Inselpolizistin sich.

»Sie hat nur einmal mit der Faust zugeschlagen.«

»Dann handelt es sich um eine einfache Körperverletzung. Falls Sie die Täterin nicht anzeigen, werden wir das Delikt nicht von Amts wegen verfolgen.«

»Es wäre mir lieber, wenn Sie Lukas' Mörder finden!«, stieß Claudia Flechsner hervor.

»Wem würden Sie denn zutrauen, Ihrem Ehemann etwas anzutun?«, wollte Antje wissen.

Claudia Flechsner machte eine hilflos wirkende Handbewegung.

»Auf Anhieb fällt mir nur Paul Kron ein.«

»Wer ist das?«, hakte die Kommissarin nach.

»Ein aufdringlicher Ex-Freund. Ich war vor einer halben Ewigkeit mit ihm zusammen, habe dann mit ihm Schluss gemacht. Paul bekam dann einen Arbeitsvertrag als Ingenieur in Dubai, war drei Jahre lang von der Bildfläche verschwunden. Doch vor einigen Monaten tauchte er wieder in Hamburg auf und wollte sich unbedingt mit mir treffen. Er war aggressiver als früher. Dass ich inzwischen geheiratet habe, schien ihn nicht zu interessieren. Als ich ihm mit der Polizei drohte, ließ er mich in Ruhe. Doch ich habe das Gefühl, dass er mir heimlich immer noch nachsteigt. Nur beweisen kann ich es nicht.«

Antje notierte sich die Angaben.

»Das lässt sich leicht überprüfen«, sagte sie.

»Paul ist ein sehr besitzergreifender Mensch, aber einen Mord traue ich ihm eigentlich nicht zu.«

Antje ließ diesen Satz von Claudia Flechsner unkommentiert. Stattdessen fragte sie: »Könnten Sie uns den eigentlichen Tathergang schildern?«

Claudia Flechsners Brustkorb hob und senkte sich. Sie legte den Kopf in den Nacken und schloss für einen Moment die Augen.

»Das war einfach alptraumhaft, Frau Fedder. Ich wusste, dass ich im Spiel den Mord begehen musste, weil ich die Pistole gefunden hatte. Also spannte ich den Hahn und machte mich auf die Suche nach meinem ›Opfer‹. Ich traf Lukas auf der Terrasse. Als er mich bemerkte, konnte er nicht mehr fliehen.«

»Wie spät war es da?«, warf Roland ein.

»Es muss kurz nach zehn Uhr abends gewesen sein, Herr Witte. Mein Mann wandte sich mir zu, ich drückte ab. Es krachte, und er ging zu Boden. Im ersten Moment dachte ich, dass er nur spielt. Doch dann sah ich das Blut.«

Sie schlug erneut ihre flachen Hände vor das Gesicht. Nun meldete sich wieder der Anwalt zu Wort.

»Ich bin der Meinung, dass meine Mandantin für den Moment genug gesagt hat, Frau Fedder.«

Antje nickte.

»Ich habe nur noch eine letzte Frage: Wer hatte die Idee, Ihren Mann nackt auszuziehen, ihm den Ehering abzunehmen und ihn ins Meer zu werfen?«

»Das war Dirk. Er und seine Frau kamen wenig später dazu. Ich wollte einen Notarzt rufen, das müssen Sie mir glauben. Aber Dirk meinte, dass es keinen Sinn hätte. Und er fragte, ob ich für eine Tat ins Gefängnis gehen wollte, die ich nicht beabsichtigt hatte. Daran hatte ich noch gar nicht gedacht. Ich stand unter Schock. Ehrlich gesagt war ich erleichtert, weil Dirk in dem Moment sozusagen das Kommando übernahm. Lukas war tot, daran ließ sich nichts ändern. Wir wollten den unbekleideten Körper ins Meer werfen, um die Identifizierung zu erschweren. Womöglich wäre Lukas niemals gefunden worden. Aber auf dem Weg zum Strand wurden wir von einem Unbekannten angerufen.«

Von Ummo, dachte die Inselpolizistin. Diesen Teil der Geschichte kannte sie schon. Jetzt wurde es Zeit, mit Dirk

Rotte zu sprechen. Sie ließ sich Claudia Flechsners Personalausweis zeigen und notierte die Angaben.

»Wir haben Sie als Beschuldigte einer Straftat vernommen«, erklärte die Kommissarin. »Wir nehmen Sie nicht fest, weil Sie einen festen Wohnsitz haben und momentan keine Fluchtgefahr besteht. Ich muss Sie aber bitten, Juist einstweilen nicht zu verlassen. Kommen Sie bitte später am Tag zur Polizeiwache, um Ihre schriftliche Aussage zu unterschreiben.«

»Das wird meine Mandantin tun, nachdem wir das Dokument genau geprüft haben«, sagte Dr. Brochtersen.

Die Inselpolizisten verließen die Küche. Das Ferienhaus schien verwaist, doch dann fanden sie Lisa Rotte vor der Tür beim Rauchen.

»Wo ist denn Ihr Mann?«, wollte Roland wissen.

»Ist er nicht mehr da? Bei mir hat er sich nicht abgemeldet«, lautete die Antwort.

Die Ermittler checkten schnell die übrigen Räume, aber Dirk Rotte blieb verschwunden.

Die Terrassentür war nur angelehnt.

Kapitel 10

Witte ließ sich von Lisa Rotte die Mobilfunknummer ihres Mannes geben. Er rief vergeblich dort an, denn das Gerät war ausgeschaltet.

»Ihr Mann hat nicht gesagt, wohin er gehen wollte?«, fragte Antje.

Lisa Rotte schüttelte den Kopf.

»Nee, ich wusste ja gar nicht, dass er weg ist.«

»Sagen Sie ihm bitte, dass er sich bei der Polizei melden soll, wenn er zurückkehrt«, sagte Witte zum Abschied.

»Ja, kann ich machen.«

Die Inselkommissare fuhren wieder Richtung Ortskern.

»Das ist der seltsamste Kriminalfall, mit dem wir es jemals zu tun hatten«, meinte der Ermittler. »Claudia Flechsner erschießt ihren Ehemann, war aber nicht verantwortlich, weil sie die Waffe für nicht geladen hielt?«

»Das kommt mir auch seltsam vor, dennoch wäre es möglich«, erwiderte Antje. »Und es ist die Aufgabe des Gerichts, über ihre Schuld zu entscheiden. Wir müssen nur die Fakten zusammentragen.«

»Ja, das ist mir bewusst. Und es könnte ja wirklich sein, dass jemand der Ehefrau die Schuld in die Schuhe schieben will. Wir sollten überprüfen, ob sie überhaupt ein Motiv für diesen Mord hat.«

»Ob dieser Ex-Freund Paul Kron sich momentan auf Juist befindet, dürfte einfach herauszufinden sein. Falls er auf der Insel ist, steht er ganz oben auf meiner Verdächtigenliste.«

»Einverstanden, Antje. Aber zunächst sollten wir uns Dirk Rotte vorknöpfen. Ich habe so eine oder zwei Ideen, wo wir ihn finden können. Zuvor möchte ich mit den Hamburger Kollegen telefonieren. Vielleicht erfahren wir von ihnen etwas über seine Hintergründe. Ich glaube nämlich nicht, dass der kahle Hitzkopf ein unbeschriebenes Blatt ist.«

»Gut, dann teilen wir uns die Arbeit auf, Roland. Du rufst im Polizeipräsidium an, und ich frage die Touristinformation nach Paul Kron.«

Als sie die Dienststelle erreicht hatten, hängten sich die Ermittler gleich ans Telefon. Während Antje ihre Information schnell bekam, dauerte das Gespräch bei Witte länger. Seine Kollegin nutzte die Zeit und kochte eine Kanne Tee. Als das beliebte ostfriesische Heißgetränk gezogen hatte und servierfertig war, konnte auch der Kommissar sein Telefonat beenden. Antje kam mit einem Tablett herein.

»Eine Pause haben wir uns jetzt verdient, Roland.«

»Danke, du verwöhnst mich.«

»Das wird jetzt aber nicht zur Gewohnheit«, sagte sie lachend. Und fügte hinzu: »Der Hinweis auf Paul Kron war übrigens ein Volltreffer. Laut Touristinformation hat er seine Töwercard für eine Woche bezahlt. Er ist am selben Tag wie die Hamburg-Lupe-Gruppe eingetroffen, hält sich also momentan noch auf Juist auf.«

»Hast du auch seine Ferienadresse?«

»Natürlich, er wohnt im Hotel Windrose. – Was hast du denn über Rotte in Erfahrung bringen können? Du wirst ja mit den Kollegen nicht so lange über das Wetter an der Elbe geplauscht haben.«

Witte grinste.

»Nee, das nun nicht gerade. Rotte ist eine zwielichtige Gestalt. Er kommt ursprünglich aus der St.-Pauli-Türsteher-Szene.«

»Das ist ein hartes Pflaster«, stellte Antje fest.

»Richtig, und Rotte war in einige dubiose Machenschaften verwickelt. Er soll etwas mit Schutzgelderpressung und schwerer Körperverletzung zu tun gehabt haben, aber es waren immer nur vage Verdachtsmomente. Jedenfalls kam es nie zu einer Anklage oder gar einer Verurteilung.«

»Rotte war entweder das Opfer übler Nachrede oder die Zeugen wurden massiv eingeschüchtert«, vermutete Antje.

»So, wie wir den Kerl erlebt haben, würde ich eher auf die zweite Möglichkeit tippen«, sagte Witte. »Der Hamburger Kollege teilte mir mit, dass Rotte seit einigen Jahren die Füße stillhält. Seine Security-Firma scheint sauber zu sein.«

»Angesichts seiner Vergangenheit wird Rotte kein Interesse daran haben, dass die Polizei sich für ihn interessiert«, stellte die Kommissarin fest. »Also war es aus seiner Sicht sinnvoll, die Leiche einfach verschwinden zu lassen.«

»Das heißt allerdings noch nicht, dass er mit dem Mord etwas zu tun hat«, schränkte Witte ein. »Das Opfer war ja angeblich sein guter Kumpel.«

»Ja, das ist auch noch so eine Sache, Roland. Der Architekt und der Ex-Türsteher als ziemlich beste Freunde, das kommt mir seltsam vor. Man sollte meinen, dass sie in verschiedenen Welten gelebt haben.«

»Womöglich bestand ja die Gemeinsamkeit wirklich in diesen Krimi-Ratespielen«, meinte Witte. »Wir müssen noch tiefer graben, bis wir klarer sehen. Ich hatte mir gerade überlegt, dass wir beim Yachthafen vorbeischauen sollten. Rotte musste ja feststellen, dass er heute keinen Platz auf der Fähre buchen kann. Vielleicht hofft er darauf, dass ein auslaufendes Segel- oder Motorboot ihn und seine Gattin mitnimmt.«

Antje war einverstanden. Da die Ermittler den Tee inzwischen ausgetrunken hatten, fuhren sie gleich los. Auf der Bahnhofstraße kamen ihnen zahlreiche Urlauber entgegen, die mit der Vormittagsfähre auf der Insel eingetroffen waren. Wer direkt im Ortskern wohnte, zerrte seinen Rollkoffer hinter sich her. Manche Gäste benutzten auch die für Juist so typischen Handkarren. Und Inhaber von weiter entfernt gelegenen Pensionen und Hotels holten die Touristen mit Pferdefuhrwerken ab. So entstand die typische Geräuschkulisse, bestehend aus dem Getrappel von Hufen und dem Rollen der Wagenräder.

Die Inselpolizisten bogen am Fährhafen links ab und näherten sich den Anlegestellen der zahlreichen privaten Wasserfahrzeuge. Die Möwen segelten kreischend im Tiefflug über die Masten hinweg. Eine steife Brise ließ die Leinwand knattern. Es knarrte, wenn sich die Leinen der schwojenden Boote spannten. Witte mochte die Atmosphäre im Yachthafen. Sie führte ihm vor Augen, dass er sich auf einer kleinen Insel weit vor der Küste befand. Genießerisch sog er die salzige Luft in seine Lungen, während seine Kollegin auf einen der Freizeitkapitäne zusteuerte. Antje brachte ihr Fahrrad zum Stehen. Der Segler ließ die Taurolle sinken, die er gerade aufgerollt hatte. Er schaute die Inselpolizistin fragend an.

»Ahoi, Skipper«, sagte Antje. »Wir suchen eine bestimmte Person, die sich für eine Überfahrt zum Festland interessiert haben könnte.«

Wittes Kollegin ließ eine detaillierte Beschreibung von Dirk Rotte folgen. Der Segler nickte langsam. Sein wettergegerbtes Gesicht nahm einen widerwilligen Ausdruck an.

»Ja, dieser Glatzkopf war vorhin hier. Er hat mir fünfhundert Euro geboten, wenn ich ihn und seine Frau heute noch nach Norddeich bringe. Ich habe abgelehnt. Er hat noch bei einigen anderen Seglerkameraden sein Glück versucht. Aber soweit ich weiß, hat sich keiner auf ihn eingelassen.«

»Warum haben Sie das Angebot nicht angenommen?«, forschte der Kommissar. »Für mich hört sich das nach leicht verdientem Geld an.«

»Ja, zu leicht«, erwiderte der Skipper. »Ich verbringe hier meinen Urlaub und will nicht in irgendwelche dunklen Machenschaften hereingezogen werden. Man soll ja niemandem etwas Böses unterstellen, aber dieser Typ kam mir verdächtig vor. Ich wollte ihn jedenfalls nicht an Bord meines Bootes haben. Warum nimmt er nicht die Fähre oder einen Flieger?«

Die Inselpolizisten ließen die Frage im Raum stehen.

»Wohin ist er gegangen, nachdem er bei Ihnen und den anderen Yachtbesitzern abgeblitzt ist?«, wollte Witte wissen.

Der Skipper zuckte mit den Schultern.

»Ich weiß es nicht. Jedenfalls bin ich froh darüber, dass er verschwand. Er kam mir wütend vor. Ich befürchtete schon, dass er Stunk machen würde.«

Die Ermittler bedankten sich und erkundigten sich noch bei einigen anderen Seglern und Motorboot-Kapitänen. Doch sie sagten sinngemäß alle das Gleiche: Sie wollten den Mann mit dem rasierten Schädel nicht befördern, auch nicht für fünfhundert Euro.

»Warum hat Rotte es so eilig, die Insel noch heute zu verlassen?«, dachte der Kommissar laut nach, als er und seine Kollegin den Yachthafen wieder hinter sich ließen.

»Diese Frage können wir dem Kerl stellen, wenn wir ihn zu fassen bekommen«, erwiderte Antje.

»Warum versuchen wir es nicht bei deinem Vater? Dort ist Rotte schon einmal gewesen, und die Juister Kajüte müsste vor einigen Minuten aufgemacht haben«, schlug Witte nach einem Blick auf die Uhr vor.

»Ja, dort können wir mit der Suche beginnen, Roland. Ich habe nur eine Bitte.«

»Nämlich?«
»Du sagst Papa nicht, dass wir uns geküsst haben! Er würde vermutlich gleich in Begeisterungsstürme ausbrechen, weil er dich so gern als seinen zukünftigen Schwiegersohn betrachtet.«
Witte versuchte, möglichst treuherzig auszusehen.
»Das würde ich mir niemals erlauben, schon gar nicht in Gegenwart von Rotte! Außerdem hatten wir doch vereinbart, unsere Privatsachen auf den Feierabend zu verschieben.«
»Ja, ich erinnere mich«, gab Antje schmunzelnd zurück. »Ich wollte nur verhindern, dass du dich von deinen Gefühlen übermannen lässt und deine Zusagen in den Wind schießt.«
»Ich werde brav wie ein Messdiener sein«, versprach der Kommissar.
Antje lachte und blinzelte ihm zu. Witte wollte es sich unter keinen Umständen mit ihr verderben. Also konzentrierte er sich für den Moment wieder voll und ganz auf den Fall.
Die Vermutung stimmte. Als die Inselpolizisten wenige Minuten später die Gaststube der Juister Kajüte betraten, hockte Dirk Rotte dort an der Theke und genehmigte sich einen Frühschoppen.
»Moin, Papa!«, rief Antje so laut, dass der Glatzkopf sie unmöglich überhören konnte. Um diese frühe Stunde war Rotte der einzige Gast des Lokals.
»Der Wirt ist Ihr Vater?!«, brachte er nach einer Schrecksekunde stammelnd hervor. Die Inselpolizistin nickte. Tjark grinste breit.
»Ich habe dem Gast schon erzählt, dass wir auf unsere Juister Polizei wirklich stolz sein können.«
Er zwinkerte seiner Tochter zu.

Witte und Antje nahmen an der Ecke des L-förmigen Tresens Platz, sodass sie beide Rotte anschauen konnten.

»Was wollt ihr trinken?«, fragte der Alte.

»Wasser, bitte. Wir sind im Dienst. – Herr Rotte, warum sind Sie denn grußlos aus dem Ferienhaus verschwunden?«

»Ich kann gehen, wohin ich will«, erwiderte der Glatzkopf patzig. »Oder bin ich verhaftet?«

»Zumindest führen wir hier eine Morduntersuchung«, sagte Witte ernst. »Da erwarten wir Kooperationsbereitschaft, andernfalls erscheinen Sie in einem schlechten Licht.«

»Wollen Sie mir drohen?«

Antje schüttelte den Kopf.

»Das ist nicht unsere Absicht. Aber wir haben sowohl Ihre Frau als auch Claudia Flechsner zur Tatnacht befragt. Es wäre schön, wenn wir auch von Ihnen eine Aussage bekommen könnten.«

»Und wenn ich mich weigere?«

»Dann laden wir Sie auf die Polizeistation vor«, stellte Witte klar.

»Geht doch in den Außenbereich«, schlug Tjark vor. »Da sitzt jetzt noch niemand, und ich kann auch nicht mithören.«

Der Gesichtsausdruck des Wirts verriet allerdings, dass er gerne Mäuschen gespielt hätte.

»Meinetwegen, dann habe ich es hinter mir«, brummte Rotte. Die Kommissare folgten ihm in das umzäunte Areal unmittelbar neben der Strandpromenade. Rotte ließ sich in einen der Outdoor-Sessel fallen, mit denen die Terrasse bestückt war. Antje kam sofort zur Sache.

»Wann erfuhren Sie vom Tod Ihres Freundes?«

»Gestern Abend gegen zehn«, antwortete Rotte nach kurzem Zögern.

»Warum haben Sie uns nicht sofort die Wahrheit gesagt, als wir erstmals ins Ferienhaus gekommen sind?«, fragte Witte. »Warum die Behauptung, dass Flechsner spazieren gegangen sei?«

»Etwas Besseres ist uns auf die Schnelle nicht eingefallen. Claudia war am Boden zerstört, sie musste ein Beruhigungsmittel nehmen. Ich glaube nicht, dass sie ihren Mann töten wollte.«

»Haben Sie gesehen, dass sie geschossen hat?«

»Nein, Herr Witte. Ich hörte den Knall und rannte los. Ich war in der Nähe, trug mein Kostüm. Ich fand die beiden auf der Terrasse. Claudia wollte unbedingt einen Arzt rufen, aber das konnten wir uns schenken. Ich bin beim Bund Sanitäter gewesen, ich weiß, wie eine Leiche aussieht. Mein Freund war schon mausetot, als Lisa und ich dazukamen.«

»Sie waren Flechsners Freund«, stellte Witte klar. »Hat er Ihnen von Problemen in seiner Ehe erzählt? Gab es Spannungen zwischen ihm und seiner Frau?«

Rotte antwortete nicht sofort. Als der Kommissar schon nachhaken wollte, öffnete er doch den Mund.

»Ehrlich gesagt ist es so, dass Claudia ein Auge auf mich geworfen hat. Sie flirtet manchmal mehr oder weniger offen mit mir. Ich mache ihr aber keine Hoffnungen, sondern bin meiner Lisa treu. Ich weiß nicht, ob Claudia mit anderen Kerlen fremdgeht. Bei meiner Frau sind jetzt jedenfalls die Sicherungen durchgebrannt, sie hat Claudia ein Veilchen verpasst.«

Ob Frau Flechsner ihren Mann auf gewaltsame Weise hatte loswerden wollen, um in Rottes Armen zu landen? Der Inselpolizist wusste nicht, was er von dieser Möglichkeit halten sollte. Nun meldete sich Antje zu Wort:

»Haben Sie einmal den Namen Paul Kron gehört?«

Rotte schüttelte seinen rasierten Schädel.

Die Kommissarin fuhr fort: »Wer hatte eigentlich den Einfall, den Toten auszuziehen und fortzuschaffen?«

»Das war ich, Frau Fedder.«

»Und aus welchem Grund?«

»Ich wollte Claudia die ganze Peinlichkeit einer Untersuchung ersparen. Ich weiß nicht, ob ihr nicht klar war, dass die verdammte Pistole eine Kugel im Lauf hatte. Diese Frau ist ja keine Waffenexpertin. Es war Lukas selbst, der diesmal das Spiel angeschoben hat. Er legte sich selbst als Opfer fest und muss die Waffe im Schlafzimmer versteckt haben, sodass Claudia sie fand. Also galt seine Frau nach unseren Regeln als die Mörderin, natürlich nur bei dem Detektivspiel. Sie schoss und hat wahrscheinlich gar nicht darüber nachgedacht, dass die Pistole geladen sein könnte.«

»Hat eigentlich außer Ihnen überhaupt niemand den Schuss gehört?«, warf Witte ein.

»Doch. Zwei Nachbarn kamen an die Haustür und fragten, ob etwas passiert wäre. Ich habe ihnen geöffnet, in meinem Kostüm. Ich behauptete, dass wir bei unserem Spiel mit einer Platzpatrone geschossen hätten, und habe mich für die Störung entschuldigt. Damit gaben sie sich zufrieden. Sie konnten ja von der Haustür aus den Toten nicht sehen.«

Der Kommissar nickte. Nach seiner Erfahrung waren die meisten Juister nicht besonders misstrauisch. Auf der Insel gab es kaum Kriminalität, viele Leute schlossen noch nicht mal ihre Haustür ab. Und wenn jemand in historischer Gewandung auftauchte und etwas von einem ungefährlichen Schuss erzählte, wurde ihm offenbar geglaubt.

»Wohin wollten Sie die Leiche bringen?«, erkundigte Antje sich.

»Ursprünglich hatten wir vor, den Toten ins Meer zu werfen«, erwiderte Rotte. »Aber auf dem Weg dorthin wurden wir entdeckt, jemand rief etwas. Wir ließen den Körper fallen und rannten weg. Wir erwarteten, dass man uns verfolgen würde, aber das geschah nicht.«

»Warum haben Sie keinen zweiten Versuch gestartet, als es später war?«, fragte Witte.

»Das wollte ich, aber die Frauen hatten etwas dagegen. Sie waren mit den Nerven völlig runter und behaupteten, dem Leichnam nicht noch einmal nahe kommen zu können. Immerhin hatten wir ja Lukas' Kleider ausgezogen und ihm seinen Ehering abgenommen. Wir hofften also, dass man ihn nicht so leicht identifizieren könnte.«

Der Inselpolizist schüttelte innerlich den Kopf angesichts dieser Naivität. Hatte sich das Trio allen Ernstes eingebildet, dass auf einem Eiland wie Juist der Name eines unbekannten Toten nicht schnell zu ermitteln war? Die Kommissare hatten es in Rekordzeit geschafft. Oder hatten die drei aus einem anderen Grund keinen neuen Anlauf unternommen?

»Sind Ihnen verdächtige Personen aufgefallen, die das Ferienhaus beobachtet haben?«, wollte Witte wissen. »Fühlte sich Ihr Freund von jemandem bedroht? Hatte er womöglich beruflichen Ärger?«

»Nein, hier hat niemand herumgelungert, da bin ich mir sicher«, behauptete Rotte. »Und wenn Lukas im Job Stress gehabt hätte, wüsste ich davon. Wir waren schließlich Freunde.«

Antje beugte sich vor.

»Warum haben Sie es eigentlich so eilig, die Insel zu verlassen? Sie haben einigen Yachtbesitzern hohe Summen geboten, damit Sie an Land gebracht werden, nicht wahr?«

»Dieser Todesfall hat uns alle geschockt«, erwiderte Rotte. »Im Ferienhaus erinnert alles an Lukas, und meiner Frau geht es nicht gut. Je eher ich sie wieder nach Hamburg bringen kann, desto besser ist es.«

Witte stand auf.

»Das wäre für den Moment alles. Bitte geben Sie uns trotzdem Bescheid, bevor Sie Juist verlassen.«

»Wenn es sein muss«, murmelte der Glatzkopf.

Kapitel 11

Die Inselpolizisten fuhren langsam Richtung Hotel Windrose, um Paul Kron zu befragen. Der Wind rauschte durch das Dünengras. Er hatte aufgefrischt und wehte ihnen feine Sandkörner in die Gesichter. An der Wasserlinie des Strandes waren nun schon mehr Urlauber zu sehen, die sich spazieren gehend oder joggend der heftigen Brise entgegenstemmten. Die gelbe Warnflagge flatterte und signalisierte, dass Baden und Schwimmen momentan gefährlich war.

Antje schaute ihren Kollegen von der Seite an. Sie hatte vermutet, dass Roland sich mit einem lockeren Spruch über Rotte auslassen würde. Doch sein Gesicht hatte einen nachdenklichen Ausdruck angenommen.

»Was geht dir durch den Kopf?«, fragte sie direkt.

»Ich überlege, ob wirklich niemand außer der Ehefrau an Flechsners Tod beteiligt ist. Es wäre ja möglich, dass sie wirklich keine Ahnung von antiken Schusswaffen hat und aus purem Leichtsinn abdrückte. Mir kam es jedenfalls nicht so vor, dass sie ein überzeugendes Tatmotiv hätte. Dass Claudia Flechsner eiskalt ihren Mann erschießt, um sich die Sahneschnitte Rotte zu angeln, kann ich nicht glauben.«

»Das geht mir genauso«, gab die Kommissarin zurück. »In meinen Augen ist Rotte kein attraktiver Mann. Allerdings muss er ja nicht mir gefallen.«

»Nun bin ich erleichtert.«

»Blödian!«, stieß Antje grinsend hervor und knuffte ihren neben ihr fahrenden Kollegen leicht in die Seite. »Du weißt, wie ich das meine. Es könnte ja wirklich sein, dass Claudia Flechsner auf solche Machotypen steht.«

»Meiner Meinung nach musste das Opfer aus purer Unachtsamkeit sterben. Claudia Flechsner hatte wahrscheinlich gar keine Tötungsabsicht. Sie hätte sich einfach nur vergewissern müssen, ob die Pistole geladen war oder nicht.«

»Du glaubst also nicht, dass eine andere Person beteiligt war, Roland?«

Der Inselpolizist schüttelte den Kopf.

Antje fuhr fort: »Dass dieser klammernde Ex-Freund Paul Kron aktuell auf Juist ist, dürfte kein Zufall sein.«

»Zugegeben, aber wie stellst du dir seine Tatbeteiligung konkret vor? Denkst du, dass er sich ins Ferienhaus geschlichen und heimlich die Pistole geladen hat? Und woher hätte er wissen sollen, dass Lukas Flechsner als Opfer vorgesehen war? Außerdem – wenn er Claudia liebt, dann würde er gewiss nicht wollen, dass sie an seiner Stelle ins Gefängnis geht.«

»Ich habe mir heute Morgen vor dem Frühstück noch einmal die Homepage von Hamburg Lupe angeschaut«, berichtete die Kommissarin. »Dort gibt es einen Link zum *Mörderspiel auf Juist*, wie sie es nennen. Man sieht Fotos von den vier Personen in ihren Kostümierungen und mit ihren Rollennamen. Es gibt sogar ein Bild von der antiken Pistole.«

Roland schnippte mit den Fingern.

»Der Täter hätte also schon vor Beginn der Reise in Erfahrung bringen können, dass eine Steinschlosspistole die Mordwaffe sein würde! Schön und gut, aber wie hätte ein Außenstehender wissen können, dass ein Spielteilnehmer auf Flechsner schießen würde?«

»Indem er sich den Zettel in der Flaschenpost anschaute«, erwiderte Antje. »Die Buddel lag schließlich unbewacht am Strand. Wenn der Mörder Flechsner nachgeschlichen ist und gesehen hat, wie er den Hinweis dort deponierte, konnte er den Namen des Opfers lesen, nämlich Lord John.«

»Falls Paul Kron wirklich die Pistole geladen hat, rechnete er vielleicht nicht damit, dass seine geliebte Claudia schießen würde«, mutmaßte Roland.

Ich bin gespannt darauf, was uns dieser Herr zu erzählen hat«, gab die Inselpolizistin zurück. Das Hotel Windrose gehörte zu den kleineren Juister Beherbergungsbetrieben. Das frisch renovierte weiße Gebäude im Seebad-Stil des neunzehnten Jahrhunderts war schon seit vier Generationen in Familienbesitz, wie die Kommissarin wusste. An diesem Vormittag stand der Juniorchef Eik Tammer persönlich an der Rezeption. Er und Antje waren fast gleichaltrig. Tammer nickte den Polizisten freundlich zu, als sie das Foyer betraten. Ein schwarz-weiß gemusterter Marmorfußboden, Säulen und große Ölgemälde von Schiffen sorgten für eine behagliche und elegante Atmosphäre.

»Moin, das Auge des Gesetzes wirft einen Blick auf meine bescheidene Hütte? Ich hoffe nicht, dass ein paar Hoteldiebe unterwegs sind?«

»Nicht, dass ich wüsste, Eik. Meinen Kollegen Roland kennst du ja schon, oder? Wir möchten mit einem deiner Gäste sprechen, und zwar mit Paul Kron.«

»Steckt er in Schwierigkeiten?«, wollte der Hotelier wissen.

»Wir wollen einfach nur mit ihm reden«, erwiderte Antje geduldig.

»Herr Kron hat sich bei mir erkundigt, wo genau am Strand das Fitnesstraining stattfindet«, sagte Tammer. »Ich habe es ihm erklärt, und er hat sich gleich nach dem Frühstück in Sportkleidung auf den Weg gemacht.«

Die Kommissare bedankten sich, gingen hinaus und stiegen wieder auf ihre Räder. Die Kurverwaltung bot jeden Morgen ein kostenloses Bewegungsprogramm unter Anleitung.

»Wir hätten Eik fragen sollen, wie Kron aussieht«, gab Roland zu bedenken.

»Ja, das fiel mir auch eben noch ein. Aber dann habe ich mir überlegt, dass wahrscheinlich nicht sehr viele Männer bei dieser Turnstunde teilnehmen werden.«

Roland hob die Augenbrauen.

»Du meinst, weil wir Sportmuffel sind?«

»Zumindest, solange kein Fußball im Spiel ist«, erwiderte Antje lächelnd.

»Ich wette, dass mehr als drei Kerle bei dem Fitnesstraining mitmachen«, sagte der Kommissar.

»Und ich halte dagegen. Worum wetten wir?«

»Um ein Fischessen.«

»Abgemacht!«

Antje streckte ihrem Kollegen ihre Rechte entgegen, und er schlug ein. Dabei war es eigentlich gleichgültig, wer von ihnen gewann. Auf jeden Fall würden sie gemeinsam Fisch essen gehen. Die Inselpolizistin fragte sich, ob Roland es von vornherein so eingefädelt hatte. Und eigentlich gefiel ihr selbst ebenfalls der Gedanke, schon wieder etwas mit ihm zu unternehmen.

Die Gymnastikrunde fand am breiten Sandstrand auf Höhe des Loogbades statt. Die Kommissare ließen ihre Fahrräder an der Promenade zurück und stapften auf die Gruppe zu.

»Zwei Herren«, stellte Antje trocken fest. »Ich freue mich jetzt schon auf das schöne Fischessen.«

Und wirklich machten unter Anleitung einer Trainerin neben rund einem Dutzend Damen aller Altersklassen nur zwei männliche Fitnessfans bei dem schweißtreibenden Training mit. Einer von ihnen trug einen Vollbart, war braungebrannt und sehnig. Der Jüngere hatte sichtbar größere Mühe, dem Programm zu folgen. Er hatte ein paar

Pfunde zu viel auf den Rippen, sein Gesicht war krebsrot und ihm stand der Schweiß auf der Stirn.

Antje hatte dieses Phänomen bei Urlaubern schon oft erlebt. Manche von ihnen trieben das ganze Jahr über keinen Sport und trainierten dann während ihrer wenigen Ferienwochen mit verbissener Energie. Was meist zu einem gewaltigen Muskelkater und neuerlicher Bewegungsabstinenz führte.

Die kurzhaarige Übungsleiterin hielt inne und schaute die sich nähernden Beamten fragend an.

»Moin, lassen Sie sich nicht stören«, sagte Antje. »Wir müssten nur ein paar Worte mit Herrn Paul Kron wechseln.«

»Das bin ich«, brachte der jüngere Kursteilnehmer keuchend hervor. Er kehrte mit unverhohlener Erleichterung der Gruppe den Rücken und wischte sich mit einem Frotteehandtuch das Gesicht ab. Er fügte hinzu: »Was will denn die Polizei von mir?«

»Lassen Sie uns ein paar Schritte gehen«, schlug Antje vor. Sie und Roland stapften mit Kron Richtung Wasserlinie, bis sie nicht mehr in Hörweite der Fitnessgruppe waren. Die Inselpolizistin stellte ihren Kollegen und sich selbst vor. Dann fragte sie: »Sagt Ihnen der Name Lukas Flechsner etwas?«

Kron nickte. Sein rundliches Gesicht nahm einen grimmigen Ausdruck an.

»Ja, leider! Das ist der Schaumschläger, der mir meine Freundin Claudia ausgespannt hat! Warum erkundigen Sie sich bei mir nach ihm?«

»Ist Ihnen bekannt, dass das Ehepaar Flechsner sich zurzeit auf Juist befindet?«

»Nein, Frau Fedder.«

»Dann wissen Sie auch nicht, dass Lukas Flechsner tot ist?«

Kron schüttelte den Kopf. Besonders verblüfft wirkte er nach Antjes Meinung nicht, aber ein solcher Eindruck konnte täuschen.

»Nein, wie ist das passiert? Gab es einen Unfall?«

»Wir untersuchen Lukas Flechsners Todesumstände«, sagte Roland. »Wo waren Sie am vorgestrigen Abend zwischen zweiundzwanzig Uhr und Mitternacht?«

»Was soll das bedeuten?«, fragte Kron zurück. »Verdächtigen Sie mich, etwas mit seinem Tod zu tun zu haben?«

»Wir haben gehört, dass Sie sich mit der Trennung von Ihrer Ex-Freundin nicht abfinden konnten«, stellte Antje klar. Kron blickte sie nicht an, sondern schaute auf die Brandung. Der Wind fuhr ihm in sein schütteres Haar. Nach einer kurzen Pause sagte er: »Claudia hat die Augen davor verschlossen, dass sie mich immer noch liebt. Dieser Windbeutel muss sie einer Gehirnwäsche unterzogen haben. Anders kann ich mir nicht erklären, dass sie Lukas geheiratet hat. Ich habe mich in Dubai in die Arbeit gekniet und wirklich versucht, Claudia zu vergessen.«

»Für wen waren Sie im Ausland tätig?«, fragte die Kommissarin scheinbar beiläufig.

»Mein Arbeitgeber heißt *Arabco Pipeline Service*, das ist ein internationales Unternehmen für Rohrsysteme. Warum wollen Sie das wissen?«

»Ich bin einfach neugierig«, behauptete Antje. »Und Sie haben die Frage meines Kollegen noch nicht beantwortet.«

»Vorgestern Abend bin ich früh ins Bett gegangen, die gute Seeluft auf Ihrer Insel macht mich müde. Bedauerlicherweise war niemand bei mir, der mir ein Alibi geben könnte.«

»Und Sie wissen nicht, wo genau sich Ihre Ex-Freundin auf Juist befindet?«, vergewisserte die Kommissarin sich.

»Nein. Wie gesagt, mir war nicht bekannt, dass Claudia überhaupt auf der Insel ist«, antwortete Kron. Antje glaubte ihm kein Wort. Allerdings konnte sie nicht beweisen, dass er die Unwahrheit sagte. Bevor sie oder Roland dem Verdächtigen die nächste Frage stellen konnten, redete Kron von selbst weiter: »Sie glauben, dass ich Lukas Flechsner umgebracht hätte? Da sind Sie auf dem Holzweg. Es gibt genügend Menschen, deren gesamte Existenz durch diesen Aufschneider ruiniert wurde.«

»Das müssen Sie uns näher erklären«, forderte Antjes Kollege.

»Nichts lieber als das«, gab Kron eifrig zurück. »Flechsner war ja Architekt, verdiente aber auch viel Geld mit Baugutachten. Oder besser gesagt: mit Gegengutachten.«

Roland forderte ihn mit einer Handbewegung zum Weiterreden auf. Der Verdächtige sagte: »Angenommen, Sie haben sich ein Einfamilienhaus gekauft. Nun müssen Sie feststellen, dass die Wände Risse bekommen und die Unterkellerung Murks ist. Ein Gutachten kommt zu dem Schluss, dass der Bauunternehmer gepfuscht hat. Sie verklagen ihn. In dem Moment tritt Flechsner auf den Plan. Er präsentiert ein Gegengutachten, das die Baufirma von jeder Schuld freispricht. Flechsner weist andere Gründe für die Fehler auf, auch wenn sie noch so an den Haaren herbeigezogen sind.«

»Aber vor Gericht wird sich letztlich doch herausstellen, wer im Recht ist«, gab Antje zu bedenken. Kron grinste breit.

»Ja, möglicherweise. Doch Sie müssen bedenken, wie sich solche Verfahren in die Länge ziehen lassen. Einem Bauherrn geht finanziell schneller die Luft aus als einem großen Bauunternehmen. Da gibt man sich eventuell mit einem Vergleich zufrieden, bevor man alles verliert.

Flechsner war ein berüchtigter Gutachter, geschätzt von seinen Auftraggebern und gehasst von zahlungsunfähigen Bauherren.«

Die Kommissarin überlegte. Wenn einem Menschen durch ein solches Gegengutachten der Boden unter den Füßen weggezogen wurde, wäre das durchaus ein Mordmotiv. Ob sich eine von Flechsner geschädigte Person momentan auf Juist befand, war eine ganz andere Frage. Oder hatte Kron die Machenschaften seines Rivalen nur erwähnt, um von sich selbst abzulenken?

»Wie lange bleiben Sie noch auf der Insel?«, fragte Roland den Verdächtigen.

»Bis Ende der Woche.«

»Dann können wir also noch auf Sie zukommen, falls sich noch weitere Fragen ergeben«, sagte Antje und gab Kron ihre Visitenkarte. »Bitte rufen Sie an, falls Ihnen noch etwas einfällt. Jede Kleinigkeit kann wichtig sein.«

»Ich bin unschuldig«, betonte er zum Abschied. Immerhin steckte er die Karte ein und gesellte sich dann wieder zu der Gymnastikgruppe.

Die Inselpolizisten traten den Rückweg zur Dienststelle an.

»Diese Gutachtergeschichte könnten wir weiterverfolgen«, meinte Roland. »Und Kron hat für meinen Geschmack etwas zu sehr betont, dass er mit dem Verbrechen nichts zu tun hat.«

»Das würdest du auch tun, wenn man dich zu Unrecht verdächtigen würde. Ich muss allerdings zugeben, dass ich dem Knaben ebenfalls nicht über den Weg traue.«

»Sein fehlendes Alibi macht die Sache nicht einfacher. Er könnte durchaus im Ferienhaus gewesen sein und die Waffe geladen haben. Warum hast du dich eigentlich nach seinem Job im Ausland erkundigt?«

»Das wirst du gleich sehen, nenn es meinetwegen Bauchgefühl«, erwiderte die Inselpolizistin.

»Oho, spielst du jetzt die Geheimnisvolle?«

»Ich werde heute Abend zum Fischessen eingeladen, daran ist nichts rätselhaft«, sagte Antje trocken. Während ihres Wortwechsels hatten die Ermittler schon die Polizeiwache erreicht. Momentan fuhren sie mit Rückenwind, wodurch sie noch schneller vorankamen. Die Kommissarin ging an ihren Arbeitsplatz und fuhr den PC hoch. Sie tippte etwas in die Tastatur. Es dauerte nicht lange, bis sie ihren Kollegen rief.

»Das musst du dir anschauen, Roland!«

Antje hatte die Homepage vom Arabco Pipeline Service aufgerufen. Die Angaben waren auf Englisch und Arabisch verfasst. Aber das machte nichts, denn sie hatte nach einem bestimmten Foto gesucht. Und war fündig geworden. Das Bild mit der Unterschrift *P. Kron, Senior Engineering Manager* zeigte Paul Kron, der lächelnd hinter einem Schreibtisch saß. Das Fenster links neben ihm ging auf eine Wüstenlandschaft hinaus. Doch am interessantesten fand Antje den Wandschmuck. Er bestand aus zwei langen und mit Ziernägeln versehenen Reitergewehren.

»Ich würde mal behaupten, dass dies Steinschlosswaffen sind«, sagte Roland.

Kapitel 12

Für einige Momente herrschte Stille in der kleinen Polizeistation. Nur die Möwen draußen über der Deichkrone schrien und schienen bei dem starken Wind in der Luft stehen zu bleiben.

»Es kann natürlich Zufall sein, dass Kron diese Dekoration in seinem Büro hatte«, fuhr Witte fort.

»Das glaubst du doch selbst nicht, Roland! Sein Rivale wird mit einer uralten Steinschlosswaffe ermordet, und Kron schmückt seinen Arbeitsplatz im Nahen Osten rein zufällig ebenfalls mit Vorderladergewehren?«

»Natürlich sehe ich den Zusammenhang, Antje. Aber ein guter Strafverteidiger würde dieses Argument in der Luft zerreißen.«

»Ja, aber …«

Die Inselpolizistin unterbrach sich selbst. Sie schaute aus dem Fenster. Doch Witte war sicher, dass sie nicht das gemütlich an der Polizeiwache vorbeizuckelnde Pferdefuhrwerk sah, sondern ihren Blick nach innen gerichtet hatte.

»Woran denkst du?«, fragte er leise. Antje wandte sich ihm zu, sie lächelte.

»Entschuldige, ich habe gerade versucht, mir die Tat vorzustellen. Und damit meine ich jetzt nicht den Schuss, denn an Claudia Flechsners Darstellung zweifle ich nicht. Gehen wir für den Moment mal davon aus, dass sie wirklich glaubte, eine nicht geladene Waffe in der Hand zu haben. Dann bestand der eigentliche kriminelle Akt doch darin, die alte Duellpistole mit scharfer Munition zu versehen.«

»So weit kann ich dir folgen.«

»Womöglich war Kron nicht so clever, bei der Tatausführung Handschuhe zu tragen. Wenn sich seine

Fingerabdrücke auf der Schatulle nachweisen lassen, wird er uns eine Menge zu erklären haben. Vor allem, weil er behauptet, vom Aufenthalt seiner Ex-Freundin auf Juist nichts zu wissen.«

»Dann hältst du also Kron für den Täter?«

»Momentan ist er mein Hauptverdächtiger, Roland. Bist du anderer Meinung?«

»Grundsätzlich nicht. Allerdings sollten wir auch dem Hinweis auf die Gutachten-Geschädigten nachgehen.«

Witte griff zum Telefon, rief im Hamburger Polizeipräsidium an und bat die Kollegen um Amtshilfe.

»Ich benötige Angaben zu den zivilrechtlichen Fällen der letzten zwölf Monate, bei denen ein Architekt namens Lukas Flechsner ein Gutachten erstellt hat.«

Ihm wurde zugesagt, dass er so schnell wie möglich eine Liste bekommen sollte. Der Kommissar bedankte sich und legte auf.

»Wir sollten uns jetzt auf die gute alte kriminalistische Beinarbeit verlegen«, schlug Antje vor. »Ob nun Kron unser Mann ist oder jemand anders – der Täter muss auf jeden Fall unbemerkt in das Ferienhaus eingedrungen sein.«

»Falls die Waffe nicht von Dirk oder Lisa Rotte geladen wurde«, lautete Wittes Einwand.

»Richtig, und dieses Ehepaar kommt mir immer noch verdächtig vor, Roland. Ein überzeugendes Motiv sehe ich bei ihnen bisher allerdings nicht. Ich kann mir einfach nicht vorstellen, dass Claudia Flechsner in heißer Liebe zu diesem bulligen Glatzkopf entbrannt ist.«

Witte grinste.

»Ich auch nicht, obwohl Lisa Rotte genau das zu befürchten scheint. Wir sollten uns auf jeden Fall in der Nachbarschaft umschauen. In so einer ruhigen Gegend sollte es eigentlich auffallen, wenn jemand um ein bestimmtes Haus herumschleicht.«

»Gut, worauf warten wir noch?«, entgegnete Antje.

Die Kommissare setzten sich wieder Richtung Loog in Bewegung. Sie fuhren langsam an dem Ferienhaus vorbei, das die Flechsners und die Rottes gemietet hatten. Die Fenster im Wohnzimmer waren auf Kippstellung. Und obwohl sich die Hausfront nicht unmittelbar neben der Straße befand, konnte man eine lautstarke Auseinandersetzung nicht überhören.

»Bei den Rottes scheint der Haussegen schief zu hängen«, stellte Witte fest. »Sollen wir mal nach dem Rechten sehen?«

Antje nickte. Sie stoppten, und die Inselpolizistin klingelte an der Tür. Lisa Rotte öffnete nur wenige Sekunden später. Ihr Gesicht war gerötet, sie schien vor Wut zu kochen.

»Lassen Sie uns denn nie in Ruhe?«, blaffte sie.

»Wir möchten uns nur vergewissern, dass es Ihnen gut geht«, erwiderte Antje. Rottes Ehefrau lachte hysterisch.

»Oh, es geht mir hervorragend! Abgesehen davon, dass diese eingebildete Kuh mir meinen Mann abspenstig machen will!«

»Du siehst doch Gespenster, ich will nichts von Claudia!«, ließ sich Rotte aus dem Wohnzimmer vernehmen.

»Und wo ist Frau Flechsner?«, fragte Witte.

Lisa Rotte verschränkte die Arme vor der Brust.

»Die feine Dame hat sich in ihrem Schlafzimmer eingeschlossen und spielt die beleidigte Leberwurst.«

Dem Kommissar lag die Bemerkung auf der Zunge, dass Claudia Flechsner erst vor Kurzem ihren Ehemann verloren hatte. Aber Lisa Rotte war so aufgebracht, dass sie offenbar jede Rücksichtnahme vergaß. Witte stieg die Treppe hoch und klopfte an die Schlafzimmertür.

»Frau Flechsner, hier ist die Polizei. Öffnen Sie bitte.«

»Ja, einen Moment«, erwiderte die Witwe schniefend. Der Inselpolizist hörte, wie ein Schlüssel im Schloss umgedreht wurde. Claudia Flechsner öffnete und schaute ihn aus geröteten Augen an.

»Ihre Mitbewohner sind ja etwas laut«, sagte er leise. »Sind Sie sicher, dass Sie nicht in ein Hotel umziehen möchten?«

»Lisa hasst mich, aber das ist nichts Neues, Herr Witte. Nein, ich möchte hierbleiben. In Dirks Nähe fühle ich mich sicher und beschützt. Er würde nicht zulassen, dass seine Frau oder sonst jemand mir auch nur ein Haar krümmt.«

Diese Aussage ließ Witte aufhorchen. Lief zwischen dem Glatzkopf und der Frau des Opfers doch mehr, als die Ermittler zunächst angenommen hatten? War die Pistole von Claudia Flechsner geladen worden, und spielte sie ihre Trauer nur vor? Witte dachte sich, dass er sie nicht leichtfertig von seiner Verdächtigenliste streichen durfte.

»Sie können uns jederzeit anrufen, falls es Ihnen hier unangenehm wird«, betonte er. »Ich habe noch eine ganz andere Frage, Frau Flechsner. Ihr Ehemann hat ja oft Gegengutachten bei juristischen Streitigkeiten zum Thema Baupfusch erstellt. Manche Bauherren fühlten sich ungerecht behandelt. Gibt es da eine oder mehrere Personen, die Ihren Gatten bedroht haben?«

Die Witwe riss die Augen auf.

»Sie glauben, so ein rachedurstiger Irrer könnte die Pistole geladen haben?«

»Wir müssen jede Möglichkeit prüfen.«

»Ja, das verstehe ich. Lassen Sie mich überlegen. Es gab tatsächlich ein paar Spinner, die Lukas Drohbriefe oder Hassmails geschickt haben. Als ob es seine Schuld wäre, dass die Leute beim Eigenheimbau so leichtsinnig sind! Ein Mann hat uns ganz besonders schlimm belästigt, er hat Lukas vor Zeugen den Tod gewünscht.«

»Und das sagen Sie mir erst jetzt?«, rutschte es Witte heraus.

»Ja, das tut mir leid. Ich habe wirklich versucht, diesen schrecklichen Kerl zu vergessen. Außerdem ist das fast ein Jahr her.«

»Wie heißt die Person?«, hakte der Kommissar nach. Claudia Flechsner legte nachdenklich die Stirn in Falten.

»Lampe oder Lonte oder so ähnlich. Wie gesagt, ich möchte nicht mehr an ihn denken. Nein, er heißt Lansing. Ja, Lansing, da bin ich mir sicher.«

Witte notierte sich den Namen. Er fragte: »Wissen Sie zufällig, was aus ihm wurde?«

»Lansing bekam wegen seiner ausweglosen Finanzlage psychische Probleme. Er verlor seinen Job, das Haus musste zwangsversteigert werden. Ich glaube, dass auch seine Ehe geschieden wurde. Wenig später landete er in einer Nervenheilanstalt. Seitdem haben wir nichts mehr von ihm gehört. Ich bedaure, dass es mit seinem Leben so bergab gegangen ist. Aber die Schuld daran kann man nicht Lukas in die Schuhe schieben!«

Da ist Lansing gewiss anderer Meinung, dachte Witte. Er bedankte sich bei Claudia Flechsner und stieg wieder die Treppe hinab. Im Erdgeschoss schienen sich die Gemüter inzwischen etwas abgekühlt zu haben. Die Eheleute Rotte hatten sich ins Wohnzimmer zurückgezogen und sprachen so leise miteinander, dass man die Worte vom Eingangsbereich aus nicht verstehen konnte.

»Wir finden allein hinaus«, sagte Antje laut. »Wir wünschen noch einen schönen Tag!«

»Scheren Sie sich zum Teufel!«, rief Rotte.

»Charmant wie immer«, meinte Witte, nachdem sie die Eingangstür hinter sich zugezogen hatten. Dann berichtete er, was die Witwe von Lansing erzählt hatte.

»Schade, dass sie nicht auch einen Vornamen nennen konnte«, erwiderte Antje. »Aber der Name ist ja nicht so alltäglich. Falls er auf Juist ist, finden wir es heraus.«

Die Inselpolizisten setzten nun ihre Ermittlungen in der unmittelbaren Umgebung fort. Das direkte Nachbargebäude am Haaks Gat war ebenfalls ein Ferienhaus, im Fenster hing ein Schild mit der Aufschrift VERMIETET. Die Kommissare läuteten, doch es machte niemand auf.

»Die Urlauber werden gewiss am Strand sein«, mutmaßte Antje. »Ich ruf mal den Vermieter an und frage ihn, was für Leute das sind.«

»Du weißt natürlich, wem dieses Haus gehört«, stellte Witte fest.

»Selbstverständlich«, bestätigte seine Kollegin, während sie ihr Smartphone aus der Tasche zog. Auch Witte begann allmählich, sich auf Juist auszukennen. Dennoch würde er wohl niemals so mit der Insel verwachsen wie Antje, deren Familie von hier stammte. Sie war außer während der Polizeiausbildung und einem kurzen Großstadteinsatz niemals vom »Töwerland« fort gewesen.

Das Telefonat dauerte nur kurz. Sie steckte ihr Gerät wieder ein und wandte sich an Witte.

»Alles klar, hier wohnt momentan ein siebzigjähriges Ehepaar aus Österreich. Für mich ist kein Zusammenhang mit Flechsner erkennbar. Wir können ja trotzdem mit ihnen sprechen, wenn wir sie später antreffen.«

»Ja, bei dem schönen Wetter werden wohl nicht viele Touristen in ihren Unterkünften hocken«, mutmaßte Witte.

»Immerhin ist die Nachbarin daheim«, stellte Antje fest. »Eine echte Juisterin, die für Ordnung sorgt.«

Sie deutete auf eine kleine ältere Frau in einer Kittelschürze, die vor dem gegenüberliegenden Backsteinhaus fegte. Die Inselpolizisten gingen zu ihr hinüber. Die Frau nickte ihnen freundlich zu.

»Moin, Antje. Wer ist denn dein hübscher Kollege?«

Roland merkte, dass er rote Ohren bekam, was ihm eher selten passierte. Die Kommissarin stellte ihn grinsend vor und nannte auch den Namen der Seniorin. Sie hieß Elke Fenner.

»Stimmt es, dass dort jemand umgebracht wurde?«, fragte sie mit verschwörerischem Unterton. Sie deutete auf das Ferienhaus, auf dessen Terrasse Flechsner gestorben war. Witte musste sich nicht fragen, woher die Frau diese Information hatte. Womöglich hatte einer der Sanitäter etwas ausgeplaudert. Oder ein Nachbar war zufällig in der Nähe gewesen, als man die Leiche abtransportiert hatte. Vielleicht war sogar die Bürgermeisterin ins Plaudern geraten. Vermutlich würde es nur noch eine Frage der Zeit sein, bis die ersten Journalisten die Inselpolizisten kontaktierten.

»Wir untersuchen einen Todesfall«, antwortete Antje. »Hast du in den letzten Tagen Personen gesehen, die nicht hierher gehören? Also nicht Mieter von Ferienhäusern, sondern Leute, die hier eigentlich nichts verloren hatten?«

Elke stützte sich auf ihren Besen. Sie schien nachzudenken. Langsam nickte sie.

»Ja, da gab es jemanden. Ein Mann, der hier in der Dämmerung herumschlich. Er kreiste um das Haus da drüben wie die Motte ums Licht.«

»Wann war das?«, hakte Antje nach.

»Anfang der Woche, danach habe ich ihn nicht mehr gesehen.«

Also vor der Mordnacht, dachte Witte. Natürlich konnte der Verdächtige später abermals aufgetaucht sein, diesmal unbemerkt.

»Ich habe ihn direkt angesprochen«, fuhr Elke fort. »Ich fragte ihn, ob er etwas sucht.«

»Was hat er geantwortet?«, wollte der Kommissar wissen.

»Er hat behauptet, dass sein kleiner Terrier weggelaufen wäre. Dabei hatte er gar keine Hundeleine dabei.«

»Kannst du den Mann beschreiben?«, fragte Antje.

»Ja, natürlich«, lautete die Antwort. »Der Kerl sah überhaupt nicht wie ein Hundebesitzer aus. Für so etwas habe ich ein Gespür, schließlich hatte ich selbst viele Jahre den Tecko.«

»Das war eine dänische Dogge«, erklärte die Inselpolizistin ihrem Kollegen.

Laut Elke Fenners Angaben konnte es sich bei dem Fremden um Paul Kron handeln.

Kapitel 13

Die Inselpolizisten horchten auf. Sie bedankten sich bei der Seniorin. Doch bevor sie sich verabschiedeten, hatte Antje noch eine letzte Frage.

»In der Nacht, als es zu dem Todesfall kam, soll ein Schuss gefallen sein. Weißt du etwas darüber? Du wohnst ja nahe genug an dem Ferienhaus, in dem sich alles ereignet hat.«

Elke Fenner schüttelte den Kopf.

»Nein, ich habe nichts mitbekommen. Das liegt wahrscheinlich daran, dass ich mir Stöpsel in die Ohren gestopft habe. Das bin ich so gewohnt, weil mein Onno immer so furchtbar geschnarcht hat. Nun ist er schon drei Jahre tot, aber die Stöpsel benutze ich immer noch. Die Macht der Gewohnheit.«

»Du hast uns sehr geholfen, Elke«, sagte die Ermittlerin zum Abschied und lächelte der Zeugin zu. Die Kommissare machten sich auf den Weg zum nächsten Haus.

»Womöglich finden wir noch weitere Zeugen, die Kron bemerkt haben«, mutmaßte Roland. »Oder glaubst du, dass hier noch jemand um die Häuser streift, der glatt sein Zwillingsbruder sein könnte?«

»Das kommt mir extrem unwahrscheinlich vor. Ich bin gespannt auf die Erklärungen dieses Herrn.«

Die beiden sprachen noch mit weiteren Nachbarn, konnten aber keine weiteren Zeugen finden. Als sie das Loog schon wieder verlassen wollten, kam das österreichische Urlauberpaar vom Strand zurück.

»Ja, ich erinnere mich gut an diesen Schuss«, sagte der Mann, und seine Frau nickte zustimmend. »Wir haben uns Sorgen gemacht und haben an der Haustür geschellt. Wir waren drauf und dran, die Polizei zu rufen. Da öffnete uns ein Mann in einem Kostüm und entschuldigte sich sofort für die Ruhestörung. Er sprach von einem Detektiv-Rollenspiel, und im Hintergrund konnten wir eine Frau mit einem langen Reifrock sehen. Die Leute kamen uns vertrauenerweckend vor, also haben wir nichts unternommen. War das falsch?«

»Wir ermitteln noch«, antwortete Antje ausweichend. Wenn die Feriengäste in der Mordnacht wirklich die Polizei alarmiert hätten, wäre die Beseitigung der Leiche nicht so einfach möglich gewesen. Andererseits: Was hätte die Kommissarin getan, wenn sie es mit Kostümierten zu tun gehabt hätte, die offensichtlich in ein Kriminalspiel vertieft waren? Hätte sie dann wirklich das ganze Haus auf den Kopf gestellt und dabei die Leiche gefunden?

Nein, Antje konnte dem Ehepaar nicht verübeln, dass es in diesem Fall nicht sofort misstrauisch geworden war. Im Übrigen deckten sich ihre Aussagen mit Rottes Angaben, die er zuvor gemacht hatte.

Als die Inselpolizisten am Ende vom Haaks Gat angekommen waren, brachte ein Windstoß von der Memmertstraße den Geruch nach Gegrilltem mit. Auf der Terrasse eines Ferienhauses legte ein Mann Würstchen auf einen Holzkohlegrill. Rolands Magen begann unüberhörbar zu knurren.

»Hat da jemand Hunger?«, fragte Antje lachend.

»Ich habe seit dem Frühstück nichts mehr zu mir genommen«, erwiderte ihr Kollege.

»Vergiss nicht, dass du mich heute Abend zum Fischessen einladen willst. Oder hast du schon etwas anderes vor?«

»Nein, aber bis dahin werden noch einige Stunden vergehen.«

Antjes Bauch war ebenfalls leer, doch das Jagdfieber hatte sie ergriffen. Sie hatte das Gefühl, die Auflösung dieses Kriminalfalls zum Greifen nahe vor sich zu haben. Die Aufregung verdarb ihr den Appetit.

»Wir fühlen noch einmal Kron auf den Zahn«, bestimmte sie. »Wenn er nicht in seinem Hotelzimmer ist, dann suchen wir nach ihm. Wenn das nichts fruchtet, laden wir ihn offiziell vor. Entkommen kann er uns nicht, zumindest am heutigen Tag.«

»Es hat schon Vorteile, wenn man auf einer abgelegenen Insel lebt«, sinnierte Roland. Er schien sich damit abgefunden zu haben, dass es erst einmal nichts zum Essen geben würde. Und seine Blicke verrieten, dass er sich sehr auf das abendliche Zusammensein mit Antje freute. Ihr wurde bei diesem Gedanken ebenfalls warm ums Herz, aber jetzt rief zunächst die Pflicht.

Die Inselpolizisten fuhren zum Hotel Windrose, wo immer noch der Hotelier persönlich an der Rezeption arbeitete.

»Moin, Eik«, sagte Antje. »Ist Herr Kron inzwischen vom Strand zurückgekehrt?«

Eik Tammer blickte kurz auf das Schlüsselbrett, bevor er antwortete.

»Ja, aber er müsste schon wieder unterwegs sein. Vielleicht ist er etwas essen gegangen.«

Die Kommissarin erwartete eigentlich, dass der Magen ihres Kollegen sich nach dieser Ankündigung wieder bemerkbar machen würde. Doch diesmal kam aus Rolands Richtung kein Geräusch. Antje erkundigte sich nach der Mobilfunknummer des Verdächtigen, und der Hotelier gab sie ihr. Ein Zimmermädchen trat auf ihn zu.

»Entschuldigen Sie die Störung, Herr Tammer. Gibt es heute noch etwas zu tun für mich?«

Der Hotelier blickte auf.

»Nein, Julia. Sie können jetzt Feierabend machen. Und sagen Sie Lansing, dass er seine Pause nehmen soll. Später dürfte es eng werden, weil wir neue Gäste erwarten.«

Die junge Frau nickte und verschwand. Bei Antje schrillten die Alarmsirenen, als sie den Namen hörte.

»Hast du einen neuen Mitarbeiter?«, fragte sie so beiläufig wie möglich.

Eik Tammer gab arglos Auskunft:

»Na ja, ganz so neu ist er nicht. Arndt Lansing gehört schon seit zwei Monaten zu meinem Team. Und ich möchte ihn nicht mehr missen. Ich bin froh, dass ich auf mein Bauchgefühl gehört habe, obwohl meine Frau von der Neueinstellung nicht begeistert war.«

»Mag Ina den Mann nicht?«, hakte die Kommissarin nach.

»Damals kannten wir Lansing ja noch gar nicht persönlich, Antje. Wir wussten aber, dass er in einer Nervenheilanstalt gewesen war. Das hatte er völlig offen in seinen Lebenslauf geschrieben. Und ich fand, dass Ehrlichkeit belohnt werden muss. Also lud ich ihn zum Vorstellungsgespräch. Du weißt ja, wie schwierig es ist, ganzjährig qualifiziertes Personal für einen Job auf Juist zu finden. Und Lansing ist ein echter Glücksgriff. Er ist gelernter Maschinenschlosser, bei mir arbeitet er als Hausmeister und Allround-Handwerker.«

»Und der Mann ist wieder komplett gesund?«, wollte Roland wissen.

Der Hotelier hob die Schultern.

»Meiner Meinung nach ja, aber ich bin kein Arzt. Ehrlich gesagt kann ich verstehen, dass Lansing einen Nervenzusammenbruch hatte. Sein Haus wurde zwangsversteigert, seine Ehe scheiterte und er verlor seine Arbeit. Da kann man schon mal in ein seelisches Loch fallen, oder?«

»Ja, wahrscheinlich«, murmelte Antje. »Kannst du Lansing bitte zu uns schicken? Wir möchten uns gern mit ihm unterhalten.«

Tammer wirkte überrascht. Er nickte.

»Ja, sofort.«

Der Hotelier drehte sich um und stieg in den ersten Stock des Gebäudes hoch.

»Wenn Lansing schon so lange hier arbeitet, dann wird er Flechsner nicht nachgereist sein«, gab Roland halblaut zu bedenken.

»Das ist mir auch klar. Womöglich ist es ein dummer Zufall, dass die beiden Ehepaare ihr Krimispiel ausgerechnet auf Juist abhalten wollten. Dass Flechsner hierher gefahren ist, war jedenfalls kein Geheimnis. Hamburg Lupe hat sich darüber ja groß und breit im Internet ausgelassen. Jeder, der den Namen Lukas Flechsner durch eine Suchmaschine jagt, gelangt auf die Homepage dieser Spielegruppe. Für einen Mann, der bedroht wird, ist das übrigens ganz schön leichtsinnig.«

»Wahrscheinlich hat Flechsner die Aggressionen gegen ihn einfach nicht ernst genommen«, erwiderte Antje. »Darüber reden wir später, einverstanden?«

Ihr Kollege nickte, denn nun kehrte Tammer in Begleitung eines anderen Mannes zurück.

Lansing – wenn er es war – maß fast zwei Meter und brachte nicht viel Gewicht auf die Waage. Seine Magerkeit ließ ihn noch größer erscheinen. Obwohl er von den Gesichtszügen her nicht älter als vierzig Jahre sein konnte, ließ sein langer grauer Vollbart ihn fast greisenhaft erscheinen. Er trug einen blauen Overall und Turnschuhe. Die Inselpolizistin erinnerte sich daran, ihn schon zwei oder drei Mal auf der Straße gesehen zu haben. Lansing war eine auffallende Erscheinung. Aber zu dieser Zeit kannte sie ja seinen Namen noch nicht.

»Moin«, sagte er lächelnd. Lansing roch nach Maschinenöl und dunklem holländischem Drehtabak. »Herr Tammer sagte, dass Sie mich sprechen wollen?«

Antje nickte und stellte sich selbst sowie Roland vor. Sie fügte hinzu: »Sie haben jetzt Pause, nicht wahr? Lassen Sie uns gemeinsam nach draußen gehen. Ich kann mir vorstellen, dass Sie gern eine Zigarette rauchen wollen.«

Die Kuppen von Lansings rechtem Zeige- und Mittelfinger waren gelb vom Nikotin. In Kombination mit seinen Shagtabak-Ausdünstungen konnte man in ihm unschwer einen Kettenraucher erkennen.

»Ja, das ist mein einziges Laster«, gab er schmunzelnd zu. Die Ermittler gingen mit ihm hinaus. Das Hotel Windrose verfügte über einen kleinen Biergarten in Richtung Deich. Dort war es um diese Uhrzeit ruhig. Große Sonnenschirme mit aufgedruckter Bierreklame schützten vor den oft sehr intensiven Strahlen des Tagesgestirns, die von manchen Juist-Urlaubern unterschätzt wurden.

»Sie machen mich neugierig. Ich habe keine Ahnung, was die Polizei von mir wollen könnte«, behauptete Lansing.

»Wir untersuchen einen Todesfall«, begann Antje. »Das Opfer heißt Lukas Flechsner. Er war Architekt.«

»Ich kenne den Namen, Frau Fedder. Von Herrn Flechsner stammt das Gegengutachten, durch das mein Leben einer schweren Prüfung unterzogen wurde.«

Die Inselpolizistin beobachtete den Verdächtigen genau, während er sprach. Er schaute ihr nicht in die Augen. Das konnte allerdings auch daran liegen, dass er eine Packung Tabak aus der Tasche gezogen hatte und sich mit routinierten Bewegungen eine Zigarette drehte. Gleich darauf zündete er den Glimmstängel an. Sein Tonfall war weder bitter noch hasserfüllt. Doch Antje führte sich vor Augen, dass er mit einem Besuch durch die Polizei gerechnet haben musste.

Jedenfalls, wenn er der Mörder war.

Und somit wäre ihm genügend Zeit geblieben, um eine Rolle einzustudieren. Die Kommissarin erkannte, dass sie tiefer bohren musste.

»Sie wirken sehr gelassen für einen Mann, dessen Leben durch ein Stück Papier zerstört wurde. Dieses Gegengutachten von Lukas Flechsner muss Ihnen doch höchst ungerecht erschienen sein.«

Lansing schenkte ihr ein trauriges Lächeln.

»Ja, zu der Zeit kochte ich vor Wut. Wenn ich den Architekten in die Finger bekommen hätte, weiß ich nicht, was geschehen wäre. Leider ging mir das Geld aus, sodass ich nicht in Berufung gehen konnte. Mein Rechtsanwalt ließ durchblicken, dass die Baufirma sich nicht in die Knie zwingen lassen würde. Also musste ich klein beigeben. Ich erlitt einen Nervenzusammenbruch und kam in eine Klinik. Und dort erkannte ich endlich die Wahrheit.«

»Und wie lautet diese?«, warf Roland ein.

»Ich musste Flechsner vergeben, um inneren Frieden zu bekommen«, antwortete Lansing ernsthaft. »Ich habe zu Gott gefunden.«

Mit dieser Aussage hatte Antje nicht gerechnet. Und ein Blick auf ihren Kollegen bewies ihr, dass es Roland genauso ging. Erst jetzt fiel ihr auf, dass Lansing ein kleines metallenes Kreuz an einer Kette um den Hals trug. Der Verdächtige breitete die Arme aus und fuhr fort:

»Ich war am Boden zerstört, aber der Glaube hat mich wieder aufgerichtet. Nun fühle ich mich gut beschützt. Wer stellt schon jemanden ein, der einmal in der Psychiatrie gewesen ist? Doch Herr Tammen hat mir eine Chance gegeben. Jeden Tag freue ich mich darüber, dass ich auf dieser herrlichen Insel leben und arbeiten darf.«

Das geht mir genauso, dachte Antje. Doch sie wollte sich nicht einwickeln lassen. Sie sagte: »Das ist eine schöne

Geschichte, Herr Lansing. Wir würden Ihnen gern glauben. War Ihnen bekannt, dass Lukas Flechsner sich seit einigen Tagen auf Juist befand?«

»Nein, woher hätte ich das wissen sollen? Wir stehen nicht miteinander in Kontakt. Ich habe ihm aus der Nervenheilanstalt einen Brief geschrieben, in dem ich mich für meinen Zorn entschuldigte und ihm alles Gute wünschte. Doch er hat nicht darauf geantwortet.«

»Dann kannten Sie also seine Adresse?«, hakte Roland nach.

»Die steht im Telefonbuch.«

Antje fragte Lansing nun nach seinem Alibi für die Tatnacht. Er hatte inzwischen seine Zigarette aufgeraucht und drehte sich bereits eine neue. Bevor er sie anzündete, öffnete er den Mund:

»An dem Abend war ich allein in meinem Zimmer. Ich gehe manchmal zur Vorabendmesse, aber an dem Tag gerade nicht.«

»Wohnen Sie im Hotel Windrose?«

»Ja, ich habe dort ein Personalzimmer.«

»Hat Sie vielleicht einer Ihrer Kollegen gesehen?«

»Das weiß ich leider nicht, Frau Fedder.«

Nun schaltete sich Roland in den Wortwechsel zwischen Antje und Lansing ein.

»Flechsner nahm hier auf Juist an einer Art Detektiv-Rollenspiel teil. Die Details dazu standen öffentlich zugänglich auf der Homepage dieses Vereins Hamburg Lupe.«

Lansing inhalierte den Zigarettenrauch, bevor er etwas erwiderte.

»Das mag sein, aber ich besitze gar keinen Computer.«

»Aber Sie könnten eine Bleikugel für eine Steinschloss-pistole herstellen«, sagte der Kommissar ihm auf den Kopf zu. »Ich habe gehört, dass Sie ein geschickter Handwerker sind.«

Der Verdächtige lächelte.

»Ja, das könnte ich wohl wirklich machen. Aber ich habe es nicht getan.«

Darauf erwiderten die Kommissare nichts. Nach einer kurzen Gesprächspause sagte Antje: »Ich möchte mir Ihre Mobilfunknummer notieren.«

Lansing nahm einen letzten Lungenzug und drückte die Zigarettenkippe im Aschenbecher auf dem Tisch aus.

»Ich besitze kein Smartphone, und einen Festnetzanschluss habe ich auch nicht. Sie können mich aber jederzeit über die Hotelrezeption erreichen, ich darf das dortige Telefon für einen Rückruf benutzen.«

»Wir melden uns, wenn wir noch weitere Fragen haben«, sagte Roland zum Abschied.

»Ich hoffe, dass Sie den Mörder von Lukas Flechsner finden«, erwiderte Lansing. »Die Schuld wird seine Seele quälen. Wahrscheinlich ist es für ihn eine Erleichterung, wenn Sie ihn verhaften.«

Kapitel 14

Die Inselpolizisten kehrten ins Loog zurück, außerdem hielten sie die Augen nach Kron auf. Doch der Ex-Freund von Claudia Flechsner blieb wie vom Erdboden verschluckt. Juist war zwar eine kleine Insel, bot aber trotzdem zahlreiche Versteckmöglichkeiten, nicht nur zwischen den Dünen.

»Du hast dich noch gar nicht zu unserem gottesfürchtigen Kettenraucher geäußert«, sagte Witte zu seiner Kollegin. »Hast du ihm seinen Wandel zum religiösen Menschen abgekauft?«

»Wenn ich das wüsste!«, erwiderte Antje seufzend. »Ich würde ihm wirklich gönnen, dass er durch seinen Glauben wieder einen Halt gefunden hat. Aber wir müssen uns an die Fakten halten. Und so, wie es aussieht, hat er für die Tatzeit kein Alibi. Und sein Mordmotiv ist sehr stark. Jedenfalls dann, wenn seine Vergebung für Flechsner nur geheuchelt war.«

»Mir kam Lansing aufrichtig vor, trotzdem sind nur die Tatsachen entscheidend«, sagte der Kommissar. »Er behauptet, keinen Computer zu besitzen. Das mag stimmen. Im Hotelfoyer sind mir allerdings zwei PCs aufgefallen, die dort zur freien Benutzung durch die Gäste stehen. Und ich wette, dass man mit diesen Rechnern auch ins Internet gehen kann.«

Antje nickte.

»Ja, diese Computer stehen da schon seit ein paar Jahren. Inzwischen haben ja viele Gäste ihr eigenes Smartphone, mit dem sie online gehen können. Jedenfalls hätte Lansing dort die Möglichkeit gehabt, sich Informationen über sein Opfer zu verschaffen.«

Während ihres Wortwechsels hatten die Inselpolizisten wieder das Gebiet zwischen Hammerseestraße und

Loogster Pad erreicht. Witte ließ seinen Blick Richtung Dünenrand schweifen.

»Mir ist gerade noch eine Sache eingefallen, die Lansing entlasten könnte, Antje.«

Die Kommissarin legte den Kopf schief.

»Nämlich?«

»Meiner Meinung nach ist Lansing ein echter Suchtraucher. Es ist schwer vorstellbar, dass er seine Tabakgier unter Kontrolle hat, wenn er einen kaltblütigen Mord plant. Da steht man wahrscheinlich besonders stark unter Stress.«

»Ah, ich verstehe!«, rief Antje. »Du meinst, dass wir in der unmittelbaren Nähe des Tatorts keine einzige Kippe einer selbst gedrehten Zigarette gefunden haben? Gut, das ist an sich noch kein Beweis. Ich halte diesen Mann allerdings auch nicht für so vorausschauend, dass er alle Zigarettenreste wieder einsammelt.«

»Einigen wir uns darauf, dass er auf der Verdächtigenliste bleibt, aber nach hinten rückt?«, fragte Witte.

»Einverstanden.«

Die Kommissare sprachen noch mit einigen weiteren Anwohnern und Urlaubern, konnten aber weder über Kron noch über Lansing Informationen erhalten. Antje rief im Hotel Windrose an, aber dort war der verdächtige Gast noch nicht wieder aufgetaucht. Und sein Smartphone war nach wie vor abgeschaltet.

»Wenn Kron gegen zweiundzwanzig Uhr immer noch nicht zurück ist, fahnden wir offiziell nach ihm«, grollte Antje, nachdem sie das Telefonat beendet hatte.

»Bis dahin ist noch Zeit, zum Beispiel für unser Fischessen«, sagte Witte hoffnungsvoll. Antje lächelte ihn an.

»Du kannst es wohl kaum abwarten, den Schalter auf Privat umzulegen?«

Er blinzelte ihr zu.

»Wir haben schließlich den ganzen Tag lang in den Uniformen gesteckt.«

»Gut, dann zieh dich in deiner Pension um und hol mich in einer Stunde ab.«

Das ließ sich Witte nicht zweimal sagen. Während er wenig später duschte und in zivile Kleidung stieg, fragte er sich, wie es zwischen ihm und Antje weitergehen sollte. Der Kuss hatte die Richtung vorgegeben. Der Kommissar hoffte sehr, dass seine Kollegin so viel für ihn empfand wie er für sie. Würde ihre Zusammenarbeit darunter leiden, wenn aus ihnen ein richtiges Liebespaar wurde?

Witte verscheuchte diesen Gedanken, während er sich Rasierwasser auf das Kinn klatschte. An diesem Tag hatten sie es schließlich schon geschafft, zu ermitteln und dabei nicht zu turteln. In seinen Augen war Kron der Hauptverdächtige. Er war Claudia Flechsner offensichtlich nachgereist, und er schien zumindest im Nahen Osten schon einmal etwas mit Steinschlosswaffen zu tun gehabt zu haben. Außerdem fand der Kommissar es höchst merkwürdig, dass Kron völlig von der Bildfläche verschwunden war.

Er versuchte, die Gedanken an Berufliches zu verdrängen. Irgendwann musste schließlich auch mal Feierabend sein. Witte schlenderte durch die milde Abendluft auf die Polizeiwache zu. Diesmal musste er nicht läuten, denn Antje wartete bereits vor der Tür.

Kam es ihm nur so vor, oder sah sie diesmal noch hübscher aus als bei ihrer letzten Verabredung? Oder lag es daran, dass die beiden sich zwischen diesen Terminen geküsst hatten? Witte wusste es nicht. Ihm war nur klar, dass der Anblick seiner Kollegin sein Herz wieder schneller schlagen ließ. Er versuchte, sich seine Aufregung nicht allzu sehr anmerken zu lassen.

»Bin ich unpünktlich oder hast du genauso einen Wolfshunger wie ich? Das ist übrigens ein schönes Kleid. Ich wusste gar nicht, dass du mehr als eines besitzt.«

Antje lachte.

»Wenn das eine charmante Bemerkung sein sollte, ist noch viel Luft nach oben. Wohin gehen wir eigentlich?«

»In die *Juister Auster*, wenn es dir recht ist.«

»Klar, ein guter Vorschlag. Hoffentlich erfährt mein Vater nicht, dass wir seinem Lokal untreu werden. Es würde ihm das Herz brechen.«

Mit diesen Worten hakte sie sich bei ihm ein. Witte lag die Bemerkung auf der Zunge, dass Tjark Fedder durch seinen Hinweis auf Dirk Rotte die Ermittlungen wieder einmal unterstützte. Aber dann hielt er doch lieber seinen Mund. Erstens wusste Antje selbst, dass ihr Vater sich gemeldet hatte. Und zweitens war Rotte zwar ein zwielichtiger Typ, schien aber nach dem momentanen Kenntnisstand nicht für den Mord verantwortlich zu sein. Außerdem hatte er sich ja fest vorgenommen, an diesem Abend den Fall ruhen zu lassen.

Doch das war leichter gesagt als getan.

Die Juister Auster befand sich an der Bahnhofstraße. Antje und Witte nahmen in dem modernen Fisch-Bistro an einem der Fenster Platz. Von dort aus hatten sie einen schönen Ausblick auf den Deich und den dahinter liegenden Fährhafen. Die blonde Inselpolizistin bestellte Wolfsbarsch, Witte entschied sich für Schollenfilet. Dazu tranken sie einen Weißwein aus Südfrankreich. Der Kommissar nahm die Hand seiner Kollegin.

»Wie wird es weitergehen mit uns? Ich weiß nur, dass ich dich sehr mag.«

»Das geht mir genauso«, erwiderte Antje nach einer kleinen Pause.

»Wir waren bisher ein tolles Team, was die Polizeiarbeit angeht. Um unsere Aufklärungsquote würde uns mancher Kollege auf dem Festland beneiden«, sagte Witte.

»Wobei Juist allerdings kein ausgesprochen kriminelles Pflaster ist«, gab Antje schmunzelnd zurück. Dann wurde sie ernst: »Ich will nicht, dass unsere Pflichten unter unseren Gefühlen leiden. Und ich möchte mit dir öfter solche Momente wie jetzt erleben.«

Sie strich sanft über seine Finger.

»Wir haben heute bewiesen, dass wir Dienst und Privates trennen können, Antje. Wir waren den ganzen Tag lang mit unserem Fall beschäftigt, haben sogar die Mittagspause sausen lassen.«

»Das war wohl ein besonders großes Opfer für dich«, sagte sie freundlich blinzelnd. »Ansonsten gebe ich dir recht. Wir können den Abend jetzt gemeinsam genießen. Und morgen früh hat uns der Polizeialltag wieder.«

Das Essen wurde serviert, und die Kommissare machten sich nun über den Fisch her. Dabei beobachteten sie die spazierenden Touristen und Jogger, die sich in der Abenddämmerung zwischen dem Hafen und dem Deich bewegten. Ein Pferdefuhrwerk zockelte Richtung Fährstation, wahrscheinlich mit Frachtgut für das am nächsten Vormittag ablegende Schiff Richtung Norddeich.

»Bei unserem ersten Zusammentreffen hielt ich dich für einen Frauenhelden«, sagte Antje plötzlich unvermittelt. Witte hob die Augenbrauen.

»Wirklich? Und dabei habe ich mich während der Überfahrt einfach nur nett mit einer Passagierin unterhalten.«

Die Inselpolizistin schnaubte ironisch.

»Diese Tussi hat dich total angehimmelt. Du kannst mir nicht weismachen, dass dir das entgangen ist.«

Witte schob sich ein Stück Fisch in den Mund.

»Warst du da schon eifersüchtig, Antje?«

»Unsinn! Ich hatte bloß die Befürchtung, dass du Frauen nur als Spielzeug betrachtest und ich mit dir nicht zusammenarbeiten kann. Das hat sich ja zum Glück nicht bewahrheitet.«

»Bist du sicher?«, fragte Witte lächelnd. »Bisher hast du mich ja nur als einen Kollegen kennengelernt und nicht als Liebhaber.«

Antje erwiderte das Lächeln.

»Du solltest nie vergessen, dass du es mit einer echten Juisterin zu tun hast.«

»Und das bedeutet?«

»Vor ein paar hundert Jahren hat ein gewisser Pastor Cordes uns Insulaner als ›schlimmes Gesindel‹ bezeichnet und Gott darum gebeten, ihn von den Juistern zu erlösen. Wir können also durchaus ungemütlich werden, wenn man uns nicht respektiert.«

»Jetzt kriege ich Angst!«, behauptete er augenzwinkernd.

Antje legte ihre Gabel zur Seite und nahm nun ihrerseits Wittes Hand.

»Dafür gibt es keinen Grund«, versicherte sie ernsthaft. »Wenn du so bleibst, wie du bist, dann wird es zwischen uns keine Probleme geben.«

Bevor Witte etwas erwidern konnte, klingelte Antjes Smartphone.

»Hast du die Anrufumleitung aktiviert?«, fragte er.

»Ja, natürlich.«

Sie griff zu dem Gerät, nahm das Gespräch an.

»Moin, Sie sprechen mit der Polizei Juist. Wie können wir Ihnen helfen?«

Obwohl die Anruferin nicht allzu laut sprach, konnte auch Witte ihre Worte genau verstehen.

»Hier ist Claudia Flechsner. Bitte kommen Sie schnell zum Ferienhaus. Dirk und Lisa sind nicht da. Ich glaube, dass ein Fremder hier eingedrungen ist!«

Kapitel 15

Antjes Pulsschlag jagte in die Höhe, als sie mit der Frau des Mordopfers telefonierte.

»Besteht die Möglichkeit, dass Sie sich im Schlafzimmer oder einem anderen Raum einschließen?«

»Ja, das geht.«

»Gut, dann tun Sie das bitte. Öffnen Sie unter keinen Umständen die Tür. Wir sind in ein paar Minuten bei Ihnen.«

Antje sprang auf, und Witte warf Geld auf den Tisch. Die Kellnerin wusste, dass diese Gäste bei der Polizei arbeiteten. Daher hielt sie das Paar nicht für Zechpreller, als sie fluchtartig das Lokal verließen. Die Inselpolizisten sprinteten zur Polizeiwache hinüber, um ihre Fahrräder und Dienstwaffen zu holen. Die Pistolen wurden zum Feierabend stets vorschriftsmäßig eingeschlossen.

»So ein Mist!«, fluchte Witte im Laufen. »Wir hätten damit rechnen müssen, dass Kron der Frau auf die Bude rückt!«

»Noch können wir nicht sagen, ob er der Einbrecher ist«, gab Antje zurück. »Außerdem ist es illusorisch, dass wir zu zweit Claudia Flechsner rund um die Uhr bewachen. Trotzdem – wenn ihr etwas zustößt, werde ich mir das niemals verzeihen!«

Witte wusste, dass seine Freundin und Kollegin ihren Polizeiberuf sehr ernst nahm. Er fragte sich, ob sie die Fahndung nach Kron möglicherweise nicht intensiv genug betrieben hatten. Doch jetzt war nicht der passende Moment für Selbstbezichtigungen. Die Kommissare holten ihre Waffen und schwangen sich auf die Räder. Witte war sicher, noch niemals so schnell zweieinhalb Kilometer radfahrend zurückgelegt zu haben. Normalerweise benötigte man für die Strecke von der Carl-Stegmann-

Straße zum Haaks Gat ungefähr sieben Minuten. Er hätte schwören können, dass sie ihr Ziel diesmal noch fixer erreichten. Der Kommissar kam sich vor wie bei der Tour de France.

Die Inselpolizisten ließen die Räder auf der Straße zurück und stürmten durch die aufgebrochene Terrassentür ins Haus, wobei sie sich gegenseitig Deckung gaben.

»Polizei!«, schrie Witte laut. Normalerweise gehörte eine Taschenlampe zu seiner Ausrüstung, doch die hatte er jetzt nicht bei sich. In der Eile hatte der Kommissar nur zur Pistole gegriffen. Im Erdgeschoss brannte kein Licht, wodurch der Eindringling gegenüber den Beamten einen taktischen Vorteil besaß. Seine Augen konnten sich bereits an die Finsternis gewöhnen. Es würde einige Zeit dauern, das Haus Raum für Raum zu durchsuchen. Und während die Inselpolizisten in einem Zimmer waren, konnte er durch ein Fenster oder eine Tür entkommen.

Oder Claudia Flechsner als Geisel nehmen.

Witte hörte Antjes schnelle Atemzüge neben sich. Sie war gewiss genauso angespannt wie er selbst. Die Beamten durften sich jetzt keine Blöße geben. Sie mussten sowohl die Melderin beschützen als auch den Eindringling verhaften.

»Polizei!«, rief nun auch Antje. »Nehmen Sie die Hände hoch und kommen Sie heraus!«

Es erfolgte keine Reaktion. Ob der Täter bereits die Frau überwältigt hatte und ihr ein Messer an die Kehle hielt? Solche Spekulationen brachten überhaupt nichts. Witte lauschte lieber intensiv. Er nahm nur ein winziges Geräusch wahr. Es klang, als ob jemand leise über die Holzdielen im ersten Stockwerk schleichen würde. Die Kommissare befanden sich immer noch im Wohnzimmer, das von der Terrassentür aus direkt zu erreichen war. Witte wusste, dass er sich in Stresssituationen nicht auf sein

Zeitgefühl verlassen konnte. Sie waren erst seit ein paar Sekunden im Haus, obwohl es ihm wie Stunden vorkam. Nun hatte er sich an die schlechten Sichtverhältnisse gewöhnt. Von einer weiter entfernt stehenden Straßenlaterne fiel ein wenig fahles Licht herein, das war alles. Der Inselpolizist tastete sich an der Wand entlang zum Schalter und legte ihn um. Leicht flackernd begann die Deckenbeleuchtung ihren Betrieb. Antje kniff die Augen zusammen und deutete auf feuchte Schuh-Teilabdrücke, die weder von ihr noch von ihrem Kollegen stammen konnten.

Es hatte zuvor am Abend einen kurzen Regenschauer gegeben. Falls die Spur also nicht von Rottes Quadratlatschen kam, musste wirklich ein Fremder im Haus sein. Und er war womöglich schon die Treppe zum ersten Stockwerk hochgeschlichen.

»Ich gehe zu Frau Flechsner, du durchsuchst das Erdgeschoss«, flüsterte Antje. Dann eilte sie die Stufen hoch. Witte war nicht begeistert davon, dass sie womöglich dem gewaltbereiten Kerl allein gegenüberstand. Aber Antje konnte auf sich selbst aufpassen, darauf musste er vertrauen. Falls er seiner Kollegin das Gefühl gab, sie als Polizistin nicht für voll zu nehmen, würde ihre Beziehung enden, bevor sie richtig begonnen hatte. Und das durfte auf keinen Fall geschehen.

Es gab keine durchgängige Fußspur. Die Sohlen des Eindringlings waren offenbar nur ein wenig feucht gewesen, sodass sie nach einigen Schritten auf dem trockenen Boden keine Abdrücke mehr hinterließen. Falls es sich bei dem Verdächtigen um Kron handelte, war er gewiss wegen Claudia Flechsner hergekommen. Oder gab es einen ganz anderen Grund, den die Inselpolizisten einfach noch nicht kannten?

Während Witte diese Gedanken durch den Kopf gingen, blieb er natürlich nicht untätig. Er schaltete in der Küche das Licht ein und stellte schnell fest, dass es dort keine Versteckmöglichkeit gab. In dem Hauswirtschaftsraum versteckte sich niemand, auch nicht in der Gästetoilette. Der Kommissar hörte, wie Antje in der oberen Etage an eine Tür klopfte.

»Frau Flechsner? Hier ist die Polizei«, sagte sie. Witte hörte, wie ein Schlüssel umgedreht wurde. Im nächsten Moment ertönte ein dumpfes Geräusch, gefolgt von einem Schmerzensschrei aus weiblicher Kehle.

Antje!, dachte er und wollte die Treppe hochstürmen. Da vernahm er noch einmal ihre Stimme.

»Roland, lass Kron nicht entkommen!«

Das hatte Witte nicht vor. Seine Kollegin schien nicht so schlimm verletzt zu sein, dass sie nicht sprechen konnte. Das fand er sehr beruhigend. Der Verdächtige raste die Stufen hinab, immer zwei auf einmal nehmend. Doch am unteren Ende der Treppe stand der Kommissar. Er richtete seine Pistole im Beidhandanschlag auf den Eindringling.

»Bleiben Sie stehen, Herr Kron! Und nehmen Sie die Hände hoch!«

Der Verdächtige verharrte abrupt, als ob er plötzlich eingefroren wäre. Er schwankte auf der Treppenstufe hin und her. Einen Moment lang schien er das Gleichgewicht zu verlieren. Die Arme waren vom Körper abgespreizt. Eine Waffe konnte Witte auf den ersten Blick nicht bei ihm entdecken.

Krons Gesicht wirkte völlig verändert.

Bei ihrer ersten Begegnung hatte dieser Mann auf den Kommissar behäbig gewirkt, das Fitnesstraining am Strand war ihm sichtlich schwergefallen. Jetzt war sein Gesicht verzerrt, in den Augen lag ein seltsamer Glanz. Die Unterlippe zitterte. Witte fragte sich, ob Kron unter Drogen stand. Alkoholausdünstungen nahm er bei dem Verdächtigen nicht wahr. Kron verströmte lediglich einen penetranten Körpergeruch.

»Hände hoch!«, wiederholte Witte mit Nachdruck. Er hatte nicht vor, auf einen Unbewaffneten zu schießen. Aber noch musste er damit rechnen, dass Kron ein Messer oder einen scharfkantigen Gegenstand aus der Tasche ziehen und sich damit auf ihn stürzen würde. Laien hielten Pistolen oder Revolver für gefährlicher als Messer oder Dolche, doch das war ein Irrtum.

Die Worte des Inselpolizisten schienen nun endlich zu Kron durchgedrungen zu sein. Er reckte die Arme in die Höhe und tappte langsam die restlichen Stufen hinab. Nun sah Witte zu seiner größten Erleichterung Antje am oberen Ende der Treppe auftauchen. Sie folgte Kron, und die Ermittler legten dem Verdächtigen Handschellen an. Zuvor hatten sie seine Taschen auf Waffen durchsucht, aber nichts gefunden. Witte warf Antje einen prüfenden Blick zu.

»Alles in Ordnung bei dir?«

Sie nickte.

»Ja, ich habe bloß an die falsche Tür geklopft. Kron hatte sich im Schlafzimmer der Flechsners verbarrikadiert. Nachdem er aufgeschlossen hatte, rammte er mir die Tür gegen die Stirn. Ich werde wohl ein Hörnchen zurückbehalten, aber das ist nicht der Rede wert. Mich interessiert viel mehr, wo sich Claudia Flechsner aufhält. Ich schaue mich oben weiter nach ihr um, und du behältst diesen Herrn im Auge. Einverstanden?«

»Wird gemacht«, erwiderte Witte. Dann schob er den Verdächtigen in den Wohnraum. Kron sprach mit belegter Stimme, als er nun den Mund öffnete.

»Waren Sie schon jemals bis über beide Ohren verliebt? Gibt es eine Frau, für die Sie buchstäblich alles tun würden?«

Der Kommissar antwortete nicht. Dieser Verbrecher war gewiss der Allerletzte, mit dem er über seine Gefühle sprechen würde. Dennoch fand er die Frage nicht unberechtigt. Ja, Witte hatte sich in seine Kollegin verliebt. Und er hoffte sehr, dass sie seine Gefühle erwiderte. Momentan herrschte ja große Harmonie zwischen ihnen, und dazu trug gewiss auch dieser Ermittlungserfolg bei. Der Inselpolizist wollte jedenfalls alles dafür tun, dass es weiterhin gut lief.

»Wir werden uns morgen früh auf der Wache ausführlich mit Ihnen unterhalten«, erwiderte er ausweichend. »An Ihrer Stelle würde ich mir einen Strafverteidiger besorgen, den werden Sie brauchen.«

»Ich kann für mich selbst sprechen.«

Kron hörte sich jetzt bockig an. Witte zuckte mit den Schultern.

»Wie Sie wünschen.«

Der Kommissar zweifelte nicht daran, dass Antje und er Kron sowohl den Einbruch als auch den Mord würden nachweisen können. Nun vernahm er zwei weibliche Stimmen im ersten Stockwerk. Er konnte die Worte nicht verstehen, aber seine Kollegin schien Claudia Flechsner gefunden zu haben. Wenige Augenblicke später wurde diese Vermutung zur Gewissheit. Antje kam zusammen mit der Witwe die Treppe herunter. Claudia Flechsner ging unsicher und war totenbleich im Gesicht, schien aber äußerlich unverletzt zu sein.

»Ich liebe dich immer noch!«, rief Kron. Seine Ex-Freundin wandte den Blick ab. Nun wurde die Haustür geöffnet. Lisa und Dirk Rotte kamen Hand in Hand herein.

»Was ist denn hier los?«, blaffte der Freund des Mordopfers.

»Wir schließen gerade einen Kriminalfall ab«, gab Witte zurück.

Kapitel 16

Am nächsten Morgen herrschte wunderbares Wetter. Eine sanfte Brise vertrieb die wenigen rosafarbenen Schleierwolken über dem Horizont. Die Juist-Urlauber konnten sich auf einen idyllischen Tag am Strand einstellen. Und die Inselpolizisten hofften auf ein Geständnis des Mörders. Per Mail traf nun auch die Liste mit den Geschädigten von Flechsners Gegengutachten ein. Es sah nicht danach aus, dass sie noch benötigt wurde.

Kron hatte die Nacht in der Arrestzelle zubringen müssen. Aufgrund der Situation bestand akute Flucht- und Verdunkelungsgefahr. Antje hatte bereits die Staatsanwaltschaft über die Verhaftung informiert. Man konnte davon ausgehen, dass der Richter Untersuchungshaft anordnen würde. Dabei wog der Mordvorwurf natürlich viel schwerer als der Einbruch.

Roland war bestens gelaunt, als er pünktlich zum Dienstbeginn die Polizeiwache betrat. Antje sah ihm an, dass er ihr gern einen Kuss gegeben hätte. Doch er hielt sich zurück, da sie ja nun beide im Dienst waren. Auch die Kommissarin hätte nichts dagegen gehabt, wenn sie dort weitermachten, wo sie am Vortag durch den Telefonanruf unterbrochen worden waren. Doch das Privatleben würde bis zum Feierabend warten müssen.

»Moin, Antje. Ist unser Übernachtungsgast brav gewesen?«

»Randaliert hat er jedenfalls nicht, das hätte ich gehört.«

»Gestern wollte Kron noch auf juristischen Beistand verzichten«, sagte Roland. »Womöglich hat er ja inzwischen seine Meinung geändert.«

»Das wird sich zeigen«, gab Antje zurück. Sie hatte bereits Tee gekocht und für den Verdächtigen ein paar Brote mit Mettwurst und Käse geschmiert. Ein Frühstück stand ihm schließlich zu. Als sie die Zelle aufschloss, hockte er bereits auf dem Rand seiner Pritsche. Kron sah bleich und übernächtigt aus. Aber es gab nur wenige Menschen, die nach einer Nacht im Polizeigewahrsam wie das blühende Leben wirkten. Sie brachte ihm ein Tablett mit Stullen und Tee.

»Moin, Herr Kron. Wenn Sie gefrühstückt haben, werden wir Sie zur Sache vernehmen.«

»Tun Sie, was Sie nicht lassen können«, erwiderte er mit rauer Stimme. »Ich stehe zu meinen Gefühlen. Ich werde Ihnen erklären, was mich umtreibt.«

Antje schloss die Tür wieder. Roland hatte sich ebenfalls einen Tee genommen und blätterte in seinem Notizbuch.

»Was für einen Eindruck hast du von dem Verdächtigen?«

»Er scheint uns sein Herz ausschütten zu wollen. Ob sich daraus ein Geständnis ergibt, ist allerdings eine ganz andere Frage.«

»Zumindest den Einbruch wird er nicht leugnen können«, stellte Antjes Kollege fest. »Und für den Mord hat er ein erstklassiges Motiv.«

Davon war die Kommissarin nicht hundertprozentig überzeugt, doch sie behielt ihre Meinung zunächst für sich. Nachdem Kron gegessen und getrunken hatte, führte sie ihn ins Dienstzimmer. Roland belehrte ihn über seine Rechte. Erneut behauptete Kron, keinen Strafverteidiger zu benötigen.

»Wir verdächtigen Sie, Lukas Flechsner ermordet zu haben und in das Ferienhaus am Haaks Gat eingebrochen zu sein«, sagte Antje. Sie beobachtete Kron genau. Er wirkte nicht besonders schuldbewusst. Sie hatte es während ihrer Jahre bei der Polizei schon mit den unterschiedlichsten Delikten zu tun gehabt, vom Ladendiebstahl bis zu Verbrechen gegen das Leben. Die meisten Täter wurden bei einer polizeilichen Befragung nervös. Kron blieb hingegen bemerkenswert locker. Entweder verfügte er über kein Schuldbewusstsein oder er redete sich selbst ein, dass er keine Verantwortung übernehmen musste. Manche Kriminelle flüchteten sich nur allzu gern in die Opferrolle.

»Ich gebe zu, dass ich mich in das Haus geschlichen habe«, erklärte Kron. »Mit dem Mord an Claudias Ehemann habe ich hingegen nichts zu tun. Es war gewiss eine Fügung des Schicksals, dass er sterben musste. Claudia und ich sind füreinander bestimmt, das spüre ich ganz deutlich. Und sie wird es früher oder später ebenfalls erkennen.«

»Fügung des Schicksals?«, echote Roland ironisch. Antje konnte seiner Stimme anhören, dass Kron ihm gewaltig auf den Wecker ging. Er fuhr fort: »Sie haben uns nach Strich und Faden angelogen, Herr Kron! Sie sind Ihrer Ex-Freundin nachgereist, weil Sie sich mit dem Ende der Beziehung nicht abfinden konnten. Es war ja kein Geheimnis, dass Claudia Flechsner an diesem Detektivspiel auf Juist teilnahm. Jeder, der sich im Internet die Homepage von Hamburg Lupe angeschaut hat, bekam diese Information.«

»Ich wusste noch nicht einmal, dass Claudia bei diesem Rollenspiel-Firlefanz mitmacht«, behauptete Kron.

»Das ist schwer zu glauben«, meinte Antje. »Wenn man den Namen Claudia Flechsner in eine Suchmaschine eingibt, gelangt man sehr schnell zu ihrer Mitgliedschaft bei Hamburg Lupe.«

Darauf erwiderte Kron nichts. Stattdessen ergriff der Inselpolizist wieder das Wort: »Ich werde Ihnen sagen, wie sich der Tathergang abgespielt hat. Sie haben Claudia Flechsner nachspioniert, dafür gibt es eine Zeugin. Sie werden mitbekommen haben, dass Lukas Flechsner die

Flasche am Strand deponiert hat. Sie lasen die Nachricht und erkannten die einmalige Gelegenheit, Ihren Rivalen zu beseitigen. Flechsner hatte geschrieben, dass er in seiner Rolle als Lord John erschossen wird. Sie mussten also nur noch die Pistole mit einer Kugel laden.«

Kron lachte, aber er klang nicht amüsiert.

»Woher hätte ich wohl wissen sollen, dass eine Steinschlosspistole bei dem Spiel verwendet wird?«

»Jetzt haben Sie sich ein Eigentor geschossen«, stellte Roland fest. »Wir haben Ihnen gegenüber mit keiner Silbe erwähnt, dass Flechsner mit einer Steinschlosspistole getötet wurde.«

Der Verdächtige presste die Lippen aufeinander. Er begriff, dass er einen riesigen Fehler begangen hatte. Er rang nach Luft und öffnete wieder den Mund.

»Also gut, ich war auf der Homepage dieser dämlichen Krimispielgruppe. Dort habe ich ein Foto der Pistole gesehen.«

»Und mit Steinschlosswaffen kennen Sie sich ja gut aus«, meinte Roland. »Sie haben Ihr Büro im Nahen Osten mit zwei Flinten geschmückt, die ebenfalls Vorderlader sind.«

Kron riss die Augen auf.

»Sind Sie verrückt geworden? Diese Gewehre befanden sich schon dort, als ich den Raum bezogen habe. Und selbst wenn ich sie dort angebracht hätte – das beweist überhaupt nichts!«

Antje musste ihm innerlich recht geben. Die Inselpolizisten konnten nicht beweisen, dass er die Pistole im Schlafzimmer der Flechsners gefunden und geladen hatte. Sie wechselte zunächst das Thema.

»Warum sind Sie gestern Abend in das Ferienhaus eingedrungen, Herr Kron?«

»Nachdem dieser Muskelprotz und dessen Frau weggegangen waren, sah ich meine Chance. Ich wollte nur in Ruhe unter vier Augen mit Claudia reden, verstehen Sie? Leider war sie völlig verstört. Als sie mich hörte, rannte sie nach oben und schloss sich in einem der Zimmer ein. Nachdem Sie das Haus betreten hatten, ging ich im ersten Stockwerk in einen anderen leer stehenden Raum und drehte dort ebenfalls den Schlüssel um. Den Rest kennen Sie.«

»Ja, das tun wir«, stellte Roland klar. »Und Richter mögen verstockte Angeklagte überhaupt nicht. Sie tun sich selbst einen Gefallen, indem Sie ein umfangreiches Geständnis ablegen.«

»Ich bin eingebrochen, aber ich habe die Pistole nicht geladen«, beharrte Kron. Die Kommissare redeten noch eine Weile auf ihn ein, aber er blieb bei seiner Version.

»Wir werden Sie erkennungsdienstlich behandeln«, kündigte Antjes Kollege an. »Wenn Ihre Fingerabdrücke mit denen auf der Pistolen-Schatulle übereinstimmen, sieht es schlecht für Sie aus.«

»Meinetwegen können Sie Ihre Zeit gerne verschwenden, ich habe mit dem Mord nichts zu tun«, sagte Kron.

»Ist Ihnen eigentlich bewusst, dass Ihre geliebte Claudia geschossen hat?«, wollte Antje wissen. Der Verdächtige zuckte zusammen.

»Das tut mir leid, sie macht sich deshalb gewiss große Vorwürfe. Trotzdem bleibe ich dabei, dass ich die Waffe nicht geladen habe.«

Kapitel 17

»Der Kerl lügt doch wie gedruckt«, sagte Witte, nachdem er Kron wieder in die Arrestzelle gesperrt hatte. Der Mordverdächtige sollte mit der nächsten Fähre aufs Festland gebracht werden, um dort einen Haftprüfungstermin wahrzunehmen.

»Es wäre schön, wenn wir der Staatsanwaltschaft ein Geständnis liefern könnten«, meinte Antje seufzend. Witte beobachtete sie genau. Ihr schönes Gesicht hatte einen nachdenklichen Ausdruck angenommen.

»Man könnte fast meinen, dass du an Krons Schuld zweifelst«, mutmaßte der Kommissar. Seine Kollegin blickte auf und schaute ihn direkt an.

»Ja, das tue ich wirklich. Zugegeben, Kron ist ein Mistkerl. Er findet sich mit dem Ende der Beziehung nicht ab und steigt seiner Ex-Freundin nach. Aber wird er dadurch automatisch zum Mörder?«

»Er hatte Motiv und Gelegenheit, Antje.«

»Das ist mir auch bekannt. Ich weiß nur nicht, ob wir die anderen Verdächtigen intensiv genug überprüft haben. Ich … oh, was bin ich nur für eine dumme Kuh!«

Mit diesen Worten sprang sie auf.

»Ein wenig Selbstkritik kann ja nichts schaden, aber gehst du nicht zu streng mit dir selbst ins Gericht?«

»Das wird sich zeigen. – Komm, wir müssen etwas überprüfen. Es ist noch genug Zeit, bis die Fähre ausläuft.«

Wittes Kollegin stürmte nach draußen und schwang sich aufs Fahrrad. Er folgte ihrem Beispiel. Die Inselpolizisten rasten los.

»Ich betone ja oft und gern, dass ich alle Einwohner der Insel kenne«, rief Antje im Fahren. »Das gilt auch für die Zugezogenen, zum Beispiel für Uwe Berendsen.«

»Der Name sagt mir nichts.«

»Berendsen stammt aus Hamburg, er ist als Rentner nach Juist gezogen.«

»Glaubst du, dass Lisa oder Dirk Rotte oder Claudia Flechsner ihn kennen? Hamburg ist eine Millionenstadt.«

»Das weiß ich auch, Roland! Aber Berendsen war während seines Arbeitslebens Büchsenmacher, er könnte also Kugeln für Vorderlader herstellen! Wieso ist mir das nicht früher eingefallen?«

Witte lag die Bemerkung auf der Zunge, dass selbst eine perfekte Inselpolizistin nicht das Berufsleben und die besonderen Fertigkeiten aller Juist-Bewohner stets und ständig abrufbereit im Gedächtnis haben konnte. Doch er hielt lieber seinen Mund. Der Kommissar war immer noch der Meinung, dass der Schuldige bereits in der Arrestzelle saß. Andererseits konnte es nichts schaden, auch dieser Spur nachzugehen. Und sei es auch nur, um einen weiteren Verdacht ausschließen zu können.

Berendsen bewohnte ein kleines schmuckes Friesenhaus in der Dellertstraße. Antje bremste ihr Rad, stieg ab und klingelte Sturm. Schlurfende Schritte ertönten. Ein alter Mann mit großen Tränensäcken unter den Augen öffnete. Er roch nach Pfeifentabak und einem billigen After Shave.

»Moin, was will denn die Polizei von mir?«, fragte er. Witte konnte spüren, wie angespannt seine Kollegin war. Dennoch schaffte sie es, ihm freundlich zuzulächeln.

»Es geht um eine Personenüberprüfung«, sagte sie. »Wir möchten gern wissen, ob Sie diesen Mann oder eine dieser Frauen kennen.«

Antje zog ihr Smartphone hervor. Sie hatte schon am Vortag die Bilder vom Ehepaar Rotte sowie von Claudia Flechsner von der Hamburg-Lupe-Seite abfotografiert. Berendsen rückte seine Brille zurecht und beugte sich vor. Er kniff die Augen zusammen.

»Warum sind die Leute denn verkleidet? Sind das Karnevalskostüme? Na, egal. Den Mann kenne ich, das ist der Dirk. Ein Sohn von einem Schulfreund, der hat mich vor ein paar Tagen noch besucht. Ich wusste gar nicht, dass er auf der Insel Urlaub macht. Ich habe mich jedenfalls gefreut, manchmal ist es für mich hier ganz schön einsam.«

Witte spürte, wie sich sein Pulsschlag beschleunigte. Hatte Antje doch den richtigen Riecher gehabt? Sie fuhr fort: »Worüber haben Sie denn mit Dirk gesprochen?«

»Er hat mir erzählt, dass er sich für alte Waffen interessiert. Das war natürlich ein Thema für mich, ich hatte ja früher viel damit zu tun. Kommen Sie, ich zeige Ihnen meine Werkstatt.«

Berendsen ging voraus, und die Polizisten folgten ihm in einen Raum, in dem es nach Waffenöl und kaltem Tabak roch. Auf einer Werkbank lag ein Gewehrschloss in Einzelteilen herum. Der ehemalige Büchsenmacher deutete auf einige Bleikugeln.

»Dirk erzählte, dass es nicht leicht sei, Kugeln für Vorderladerpistolen zu bekommen. Ich erwiderte, dass es nur auf die richtigen Verbindungen ankäme. Ich habe ihm ein paar Stück mitgegeben. Er wollte probieren, ob sie zu einer Waffe passten, für die er sich interessierte.«

»Können wir auch ein paar Exemplare bekommen?«, bat Wittes Kollegin.

»Ja, natürlich, bedienen Sie sich. Ich kann jederzeit neue machen«, gab der Alte hilfsbereit zurück.

Antje streifte sich Latexhandschuhe über und tat die Kugeln in einen Beutel für Beweismittel.

»Steckt Dirk in Schwierigkeiten?«, fragte Berendsen.

»Zu laufenden Ermittlungen dürfen wir uns nicht äußern«, gab Antje ausweichend zurück. »Für den Moment bedanken wir uns jedenfalls für Ihre Mithilfe.«

»Gern geschehen«, gab der Alte nickend zurück.

Als die Inselpolizisten wieder draußen waren, konnte Witte nicht mehr an sich halten.

»Wir konnten bei Rotte kein überzeugendes Motiv finden, deshalb haben wir diese Spur nicht weiter verfolgt. Dass Claudia Flechsner sich in ihn verguckt hat, glaubt er wahrscheinlich selbst nicht.«

»Nein, und die Frage nach dem Grund für diesen Mord wird Dirk Rotte uns beantworten müssen. Und zwar, noch bevor die Fähre ablegt!«

Mit diesen Worten blickte Antje auf die Uhr. Die Inselpolizisten mussten sich beeilen, wenn sie rechtzeitig den Fährhafen erreichen wollten. Witte ging davon aus, dass die Rottes gleich mit dem ersten Fährschiff des Tages nach Norddeich zurückkehren würden. Zwar konnten sie die Verdächtigen auch von den Festland-Kollegen in Empfang nehmen lassen, doch Witte wollte Rotte lieber selbst vernehmen. Und er konnte sich lebhaft vorstellen, dass es Antje genauso erging.

Der weiße Metallrumpf des Schiffes bewegte sich bereits langsam auf die Hafeneinfahrt zu, als die Kommissare das Gebäude der Fährgesellschaft erreichten. Unter den zahlreichen Rückreisenden hatten sie Dirk Rotte schnell ausgemacht. Sein kahler Schädel war nicht zu übersehen. Er grinste frech, als die Beamten auf ihn zukamen.

»Na, hat der Mörder meines Freundes schon gestanden?«

»Darüber möchten wir hier nicht mit Ihnen sprechen«, sagte Witte. Und er fügte hinzu: »Wir haben übrigens gerade Herrn Berendsen kennengelernt.«

In diesem Moment verlor Lisa Rotte die Nerven. Sie brach in Tränen aus.

»Ich wusste, dass es schiefgehen würde, Dirk«, brachte sie schluchzend hervor.

»Halt doch dein Schandmaul!«, fuhr der Mordverdächtige seine Frau an. Witte war auf einen Gewaltausbruch gefasst.

Doch Rotte schien zu begreifen, dass er eingequetscht zwischen ein paar Dutzend anderen Urlaubern keine Chance auf eine Flucht hatte. Eine Waffe konnte der Inselpolizist bei ihm auf den ersten Blick nicht entdecken. Trotzdem durchsuchten Witte und Antje natürlich Rotte und dessen Frau, nachdem sie die beiden nach draußen geführt hatten.

Lisa Rotte hörte nicht auf zu weinen.

***

Antje schlug vor, die Eheleute getrennt voneinander zu befragen. Während die Frau in einem Nebenraum platziert wurde, konzentrierten die Kommissare sich auf Dirk Rotte. Er saß nun auf Wittes Besucherstuhl, den Kopf gesenkt und die Hände zwischen den Knien gefaltet. Antje bezweifelte allerdings, dass er betete. Ihr Kollege belehrte den Mordverdächtigen über seine Rechte. Dann sagte sie: »Es sieht nicht gut für Sie aus, Herr Rotte. Wir haben vom Freund Ihres Vaters ein paar Bleikugeln bekommen, die ich zur Analyse ins kriminaltechnische Labor Oldenburg schicken werde. Wollen wir wetten, dass sie aus derselben Form stammen wie das Geschoss, das der Gerichtsmediziner aus Lukas Flechsners Körper geholt hat?«

Dirk Rotte schüttelte langsam seinen mächtigen Schädel.

»Eine Wette ist unnötig«, murmelte er mit matter Stimme. »Ich habe vom alten Berendsen ein paar Bleikugeln bekommen. Mit einer davon habe ich die verdammte Pistole geladen. Dann musste Claudia nur noch abdrücken. Aber sie wusste wirklich nichts davon, dass die Knarre scharf war.«

»Das mag ja sein«, erwiderte Antje. »Uns interessiert vor allem, warum Sie Lukas Flechsner getötet haben. Er war doch Ihr Freund, zumindest haben Sie das ausgesagt.«

Rotte verzog den Mund.

»Es gibt ja diesen alten Spruch, dass beim Geld die Freundschaft aufhört. Und so ist es auch mit Lukas gewesen. Ich muss mich abstrampeln, um mit meinem Security-Unternehmen auf einen grünen Zweig zu kommen. Und der feine Herr schreibt ein paar blöde Gutachten und verdient sich damit eine goldene Nase.«

»Also waren Sie einfach neidisch auf ihn?«, wollte Roland wissen.

»Nee, so einfach ist das nicht«, behauptete der Mörder. »Mir war es egal, dass Lukas mehr verdiente als ich. Aber er hat sich mit den falschen Leuten angelegt.«

»Das müssen Sie uns genauer erklären«, forderte die Inselpolizistin.

»Es drehte sich um ein Bauprojekt im Hamburger Westen. Eine große Sache, es ging um ein paar Millionen. Angeblich wurde bei der Unterkellerung gepfuscht. Auf jeden Fall erstellte Lukas wieder eines seiner berüchtigten Gegengutachten. Es lief also auf einen Prozess durch alle Instanzen hinaus.«

»Das scheint ja eine Spezialität von Herrn Flechsner gewesen zu sein«, stellte Witte fest.

»Richtig, nur diesmal trat er jemandem auf die Füße, der sich nicht mit juristischen Winkelzügen abspeisen ließ. Der Verlust durch das Gegengutachten ist schon jetzt enorm. Diese Person fand heraus, dass ich Lukas privat kenne. Und ich sollte sein Lebenslicht ausblasen.«

Rotte hatte immer langsamer und zögernder gesprochen. Auf seiner breiten Stirn bildeten sich zahlreiche kleine Schweißperlen. Er fürchtete sich. Antje musste keine Psychologin sein, um das zu erkennen.

»Hat diese Person auch einen Namen?«, hakte sie nach.

»Wenn ich den nenne, bin ich als Nächster dran«, murmelte Rotte. »Und vorher wird meine Frau getötet.«

Ob diese Aussage glaubhaft war? Die Inselpolizistin glaubte nicht, dass Rotte ihr seine Angst vorspielte. Wenn ein so grober Muskelprotz wie er Fracksausen bekam, musste die Bedrohung ernst zu nehmen sein. Antje begriff, dass sie mit der Frage nach dem Auftraggeber nicht weiterkommen würde.

»Sie mussten also Ihren Freund töten, weil Ihnen keine andere Wahl blieb?«

»So kann man es nennen, Frau Fedder. Es hieß: Lukas oder ich. Da habe ich mich dafür entschieden, dass mir mein eigenes Leben wichtiger ist. Und Lisas Leben natürlich auch. Wie gesagt, mit diesen Leuten ist nicht zu spaßen. Außerdem war es eine einmalige Gelegenheit, dass wir unser Krimispiel auf Juist abhalten wollten.«

»Ich begreife nicht, warum Sie ein solches Hobby pflegen«, warf Witte ein. »Sie kommen mir nicht wie ein Mann vor, der Spaß an Verkleidungen und Ratespielen hat.«

»Durch Hamburg Lupe habe ich mir schon ein paar gute Aufträge für meine Securityfirma an Land ziehen können«, behauptete Rotte. »Manche Leute sind viel zugänglicher, wenn man sie privat kennenlernt.«

Mit dieser Erklärung gab Antje sich zufrieden. Sie fragte: »Woher wussten Sie, dass Flechsner das Opfer sein sollte?«

»Davon hatte ich keine Ahnung. Mir war nur klar, dass die Steinschlosspistole in dem Spiel als Mordwaffe dienen würde. Mir schwebte ein tragischer Unfall vor, der Lukas sein Leben kosten sollte. Einen konkreten Plan hatte ich nicht. Aber als ich in der Flaschenpost las, dass auf Lukas geschossen werden sollte, war alles ganz einfach für mich.«

»Wann haben Sie sich die Bleikugeln besorgt?«, wollte der Inselpolizist wissen.

»Ich habe schon einen Tag zuvor den Schulfreund meines Vaters besucht. Es kam mir wie ein Wink des Schicksals vor, dass der alte Büchsenmacher auf Juist lebt. Ich verwickelte ihn in ein Gespräch über antike Waffen, und er gab mir völlig arglos ein paar Geschosse mit.«

»Und Ihnen kam nicht die Idee, dass Berendsen Sie auffliegen lassen könnte?«, fragte Antje.

»Ich habe ja nicht geschossen«, stellte Rotte fest. »Außerdem hatte ich zu der Zeit noch gar nicht vor, die Pistole einzusetzen. Der Plan entstand erst spontan, nachdem ich die Flaschenpost gelesen hatte. Dann musste ich nämlich bloß noch ins Ferienhaus zurückrennen und die Waffe laden. Sie war in Lukas' und Claudias Schlafzimmer versteckt. Da war mir klar, dass er von seiner eigenen Frau erschossen werden würde.«

»Trotzdem sind Sie der Mörder«, sagte Antje und schaute Rotte direkt in die Augen. Sie konnte sich vorstellen, dass Rottes Strafverteidiger mit allen Mitteln versuchen würde, die Schuld von seinem Mandanten abzuwälzen. Aber mit diesem Problem musste sich die Staatsanwaltschaft befassen.

Die Polizei Juist hatte ihre Aufgabe erfüllt. Rotte öffnete noch einmal den Mund.

»Sie halten mich wahrscheinlich für einen miesen Kerl. Doch wenn ich anders gehandelt hätte, wären meine Frau und ich getötet worden.«

»Woher kennen Sie die Person, die Ihnen den Mordauftrag erteilt hat?«, wollte Roland wissen. Daraufhin hüllte sich der Täter in Schweigen. Rotte sprach nicht mehr, bis mit der Nachmittagsfähre Polizeikollegen aus Norddeich herüberkamen. Antje hatte telefonisch darum gebeten, dass Dirk und Lisa Rotte sowie Kron aufs Festland gebracht wurden.

Die Inselpolizisten standen am Kai und schauten ins Kielwasser des weißen Fährschiffs, das sich langsam von Juist entfernte.

»Es gibt in Hamburg eine Ermittlungsgruppe gegen organisierte Kriminalität«, sagte Witte. »Die Spezialisten werden schon herausfinden, wer Rotte zu dem Mord angestiftet hat. Solche Ressourcen haben wir hier nicht.«

»Ich weiß«, gab Antje lächelnd zurück. »Immerhin habe ich noch an den alten Berendsen gedacht. Ich könnte es mir nie verzeihen, wenn Rotte ungeschoren davongekommen wäre.«

»Besser spät als nie«, erwiderte Roland freundlich blinzelnd. »Was hältst du davon, wenn wir Zivilklamotten anlegen und dort weitermachen, wo wir gestern aufgehört haben?«

»Dieser Plan gefällt mir«, sagte Antje.

ENDE

Ostfrieslandkrimi-Empfehlungen des Klarant Verlages

Lernen Sie auch die anderen Bücher der Ostfrieslandkrimi-Serie »Witte und Fedder ermitteln« von Sina Jorritsma kennen:

Die Kommissarin Antje Fedder ist ein waschechtes Juister Inselkind. Sie kennt ihr Heimat-Eiland wie ihre Westentasche. Als zurückhaltende Norddeutsche hat sie manchmal Probleme mit der charmanten und unbeschwerten Art ihres Kollegen Roland Witte, der heimlich in sie verliebt ist. Oder vielleicht doch nicht? Diese Frage muss zunächst unbeantwortet bleiben, denn die beiden Polizisten lösen auf der kleinen Insel auch die kniffligsten Krimirätsel. Auch Antjes Vater Tjark Fedder steht ihnen mit Rat und Tat zur Seite, denn der Gastwirt schnappt viele Informationen auf. Nur die übereifrige Bürgermeisterin Silke Meester erschwert den Ermittlern oft die Arbeit.

In der Serie sind bereits folgende Ostfrieslandkrimis erschienen:

»Juister Herzen«, Band 1
Taschenbuch-ISBN: 978-3-95573-911-9
eBook-ISBN: 978-3-95573-912-6

Ein mysteriöser Todesfall versetzt die ostfriesische Insel Juist in Aufruhr. Im Bett einer Ferienwohnung liegt die Leiche einer jungen Frau. Doch weder sind äußere Verletzungen erkennbar, noch wohnte Diana Schröder in der Unterkunft, in der sie allem Anschein nach starb. Die

Inselkommissare Antje Fedder und Roland Witte nehmen die Ermittlungen auf, und schnell finden sie heraus: Die Ferienwohnung wird von einer Selbsthilfegruppe gemietet, deren Mitglieder ihre große Liebe verloren haben. Juister Herzen nennt sich die Veranstaltung auf der idyllischen Nordseeinsel, die helfen soll, verletzte Seelen wieder zu heilen. Aber wie kam Diana überhaupt in dieses Bett? Und weshalb trug sie eine Pistole bei sich? Ins Visier der Ermittlungen gerät Clemens Vogt, der Leiter der Selbsthilfegruppe. Die Inselkommissare bezweifeln seine guten Absichten und stoßen schließlich doch auf eine überraschende Verbindung zwischen den Juister Herzen und der Toten ...

»Juister Düfte«, Band 2
Taschenbuch-ISBN: 978-3-95573-957-7
eBook-ISBN: 978-3-95573-958-4

»Juister Reiter«, Band 3
Taschenbuch-ISBN: 978-3-96586-027-8
eBook-ISBN: 978-3-96586-028-5

»Juister Taucher«, Band 4
Taschenbuch-ISBN: 978-3-96586-088-9
eBook-ISBN: 978-3-96586-089-6

»Juister Düne«, Band 5
Taschenbuch-ISBN: 978-3-96586-126-8
eBook-ISBN: 978-3-96586-127-5

Klarant Verlag

Lernen Sie die Ostfrieslandkrimi-Titel des Klarant Verlages kennen und besuchen Sie uns im Internet unter:

www.ostfrieslandkrimi.de

und

www.klarant.de

Sie können dort Näheres über unsere Autoren erfahren, viele weitere interessante Bücher und eBooks finden und Leseproben herunterladen. Mit dem kostenlosen Newsletter auf

www.ostfrieslandkrimi-lesen.de

erhalten Sie aktuelle Informationen rund um das Verlagsprogramm, wie beispielsweise spannende Neuerscheinungen und Gewinnspiele.